忘《わす》れないでいてくれ

夜光花《やこうはな》

ILLUSTRATION
朝南《あさなみ》かつみ

忘れないでいてくれ

ガラスドアの前に立った母子が、中を覗《のぞ》き込んで安堵《あんど》の表情を浮かべたのが分かった。

二月の上旬というのもあり、母子の吐く息は白い。建物の二階部分の窓から階下に目を向け、清涼《せいりょう》は母子がビルの中に入ってきたのを確認した。

都心から少し離れた場所に建っている三階建てのビルは、一階と二階は守屋《もりや》清涼の仕事場になっている。通りすがりにこのビルを見た人は、ＬＴＭクリニックと小さく書かれたドアを見て何か医療関係のビルだろうと想像する。そう思わせるようにガラスのドア越しに中を覗くと、白い受付のカウンターがあり、白衣を着た受付嬢が座っているのが見える。室内は明るく、掃除が行き届いているし、観葉植物が、くる人の心を安らげる。

たとえどんなに怪しい商法をしていたとしても、初めてこのオフィスを訪れた客が尻込《しりご》みしなければそれでいい。

二階の窓から予約していた客がビルに入ってくるのを眺め、清涼は唇の端を吊《つ》り上げてブラインドを下ろした。二時という明るい時間だが、室内をやや暗くセッティングした。はっきり見えすぎるのはよくない。少し眠気をそそるくらいがちょうどいい。清涼はデスクの上に置かれた資料に目を通し、今からくる客の要望に目を通した。

半年前の記憶を消してほしい。

プリントされた紙に書かれた要望に清涼は笑みを浮かべ、白衣のポケットからボールペンを取り出して自分にしか分からない暗号を書き込み始めた。

白衣を着ているが、清涼は医者ではない。白衣は知り合いの医師から調達したもので、客を安心させるための小道具だ。制服というものが人に与えるイメージは計り知れない。清涼の行っている怪しい商法をあたかも本物のように――というよりも技術的な裏づけがあると思わせるためにも、白衣というものの効果は抜群だった。おまけに清涼はすらりとした長身で均整の取れた身体《からだ》つき、切れ長の目、すっきりした容貌《ようぼう》と、女性客に対してはかなりの確率で受けるのを自負している。悪くもないのにかけている伊達《だて》メガネは、相手に理知的な印象を与えるためだ。

――あなたの忘れたい記憶を消します。

そんな怪しい謳《うた》い文句を本気で信じさせるためには、いくつもの小道具が必要なのだ。この商売は客を呼び寄せるまでが大変だ。一度でも訪れれば絶対に満足させる自信がある。現に最近の客はほとんど口コミできた者ばかりだ。

ドアがノックされ、受付に座っていた渡辺《わたなべ》佳織《かおり》が「失礼します」と声をかけて入ってきた。佳織の後ろには先ほどビルの前に立っていた、六十代半ばの婦人と二十代前半といった女性がいる。

「先生、水科《みずしな》様がいらしています」

佳織は清楚《せいそ》な化粧を心がけている。礼儀正しく客を紹介する様子を見て、彼女が夜の街で働いているとは誰《だれ》も思うまい。

「どうぞ、お待ちしておりました」

にっこりと極上の笑みを浮かべ、清涼は客を手招いた。


柔らかな印象を与える木材で統一された応接室は、緊張感を解《ほぐ》す役割を担っている。入ってきた母子は表情を曇らせていたが、深く沈むソファに座り佳織がお茶を出すと、少しだけ笑顔を見せるほどになった。

母親のほうは小柄で、始終落ち着きなく辺りを見渡している。腕にかけていたコートや靴、指輪、着ている物からもそれなりに裕福な家柄だろう。娘は母に似た顔立ちのおとなしそうな子だ。長い髪を軽く巻いていて、白いセーターにチェックの長いスカートを穿《は》いている。

清涼は母子の向かい側、ちょうど二人の真ん中にくるように腰を下ろすと、穏やかな笑みを浮かべカルテを取り出した。初対面の相手と真正面で向き合うのはよくない。相手に威圧感を与えてしまう。

「お待ちしておりました。鹿山《かやま》様の紹介と聞いております。水科麻奈《まな》様…で、よろしいですか?」

受付のところで書いてもらった名前を音読し、清涼は娘のほうへ顔を向けた。

「はい…、…あの鹿山さんから…思い出したくない記憶を消してもらえるって聞いて…。本当なんでしょうか?」

ためらいながら麻奈が口を開く。まるでおとぎ話に出てくる想像上の動物がいるって本当ですか、とでも言っているみたいだ。半分信じていない顔。もう半分はもしかして、という願望が表れている。

「本当ですよ」

不安げな顔をする麻奈に即答する。麻奈は驚いたような顔を見せたが、清涼が即答したことで安心したのだろう。決意を秘めた顔つきに変わった。

「あの…どうやって?」

疑問に思うのも当たり前だ。清涼はカルテを膝に置き、わずかに身を乗り出して説明を始めた。

「まぁいわゆる簡単な催眠療法です。器械も使いますが、基本的には催眠術で嫌な記憶を思い出さないようにします。催眠と聞くと、変な暗示をかけられるのではないかと心配される方もいらっしゃいますが、処置中にはお母様も傍《そば》にいて構いませんので」

「そうなんですか…」

清涼の説明に麻奈の顔から曇りが取れてゆく。母も傍にいていい、という一言がかなり効いたらしく、あからさまにホッとした顔で母と顔を見合わせる。

「それにもし後からやはり記憶を取り戻したい、という時には、費用はかかりますが、記憶を戻す処置もできます。私がするのは、あなたの中の嫌な思い出をほんの少しどこかにおいやるだけ。大切なものを銀行の金庫に預けるようなものです」

なめらかな口調で清涼が続けると、麻奈の顔が興味深げに見つめ返してきた。

「そんなに簡単に出し入れできるものなんですか？　それに…あの、やっぱり嫌な記憶をくわしく話したほうがいいのでしょうか？」

「それには及びません」

口元に笑みを絶やさず、清涼はカルテにもっともらしく麻奈の特徴を書き込み始めた。

「サイコメトラーってご存知ですか」

清涼がいたずらっぽい顔で聞くと、麻奈が首をかしげて母に目を向ける。

「以前ドラマか何かで見たような…」

「私は物質に触れることでそれに関する思念や記憶を辿《たど》ることができます。といっても器械の力を借りてですがね。くわしく話さなくても、電気の力を借りてキーワードを探ることができます」

麻奈の目が驚きに変わる。すぐには信じられないといった顔だ。

「だいたいの年月日が分かれば一番いいです。治療について説明しますと、たとえば父親に関する記憶、ということでしたら、診療は長期に亘《わた》ってしまいます。いくつもの記憶を封印していくわけですからね。けれど交通事故に遭った時、とか旅行に行った日の記憶、などであれば、数回来院なされば完全に消せますよ」

「それなら……ぜひ、お願いします」

麻奈は半信半疑ながらも身を乗り出した。清涼はなおもカルテに文字を書き込み、第一セッションのところに今日の日付を書き込んだ。

「ではさっそく治療に入りましょうか」

カルテをソファに置き、清涼は麻奈を伴って隣の部屋へ向かった。ドア一枚隔てた場所には、美容院にあるような一人掛けのソファがある。その隣には大型のオーディオ機器のような器械。機器からはいくつもの細いコードが伸びていて、ぐるりとソファを取り囲んでいる。室内には弱めの明かり、暖房は少し強めの設定だ。室内は十畳ほどの洋室で、L字型のソファと本棚がある。

清涼は麻奈を一人掛けのソファに導き座らせた。

「腕をまくってもらっていいですか?」

座った麻奈の隣に立ち、血圧をはかるようなコードが内蔵された布を、腕まくりした麻奈の腕に巻いた。両腕にセッティングしている間、麻奈の母親は心配そうな顔で清涼の行動を見守っている。

「記憶を封印する時に、少しだけ電流を流します。マッサージチェアに座っているよりも弱い電流ですから大丈夫だと思いますが…一度試しに流してみますね。強いようでしたら、おっしゃってください」

器械を操作し、清涼がわずかに電流を流す。麻奈は一瞬ぶるりと震えたが、安堵した顔で笑った。

「大丈夫です。弱いくらい」

「そうですか、それなら始めましょう」

麻奈に笑顔を向け、清涼は電極が無数に埋め込まれた帽子型の器械を頭に設置した。それを見て麻奈は目を丸くして笑っている。

「では…目を閉じて」

肘掛《ひじか》けに置かれた麻奈の手を、清涼は軽く握った。麻奈が言われた通りに目を閉じる。

——これまでのくだらない張りぼては何の意味もない。この帽子だってただの飾りだ。本当に必要なのは、こうして患者の一部に触れることだけ。

それだけで清涼には、相手の記憶が読み解ける。

「消したい記憶の、だいたいの年月日が分かるようでしたら、教えてもらえますか」

清涼の優しい声に麻奈の唇が震えた。

「三年前の…七月三日、午後九時ごろ…でした」

麻奈の声と共に、脳裏にあふれるように映像が飛び込んできた。

ほぼ正確な日付と時刻を口にした時点で、麻奈が消したい過去が偶発的に起きたできごとだと推測できた。時刻まで口にする人間は珍しい。おそらく彼女はそのできごとに対し、何度か記憶をなぞるような行為をしたのだろう。あるいは誰かに質問されたことにより、記憶が鮮明になったのかもしれない。

事件性を感じ、脳裏に浮かんでくる映像を読み解けば、彼女に降りかかった災難が見えてきた。暗い夜道を家路に向かって歩く姿が見える。半袖《はんそで》にタイトなスカート。バッグを肩にかけ、しきりに携帯電話を弄《いじ》っている。

突然彼女は立ち止まり、びくりと震えて道の向こうを凝視する。彼女は辺りを見回し携帯電話をかける。誰かに繋《つな》がったのだろう。彼女が怯《おび》えた顔で電話相手に何か語っている。しばらく判断がつかなかったらしく、彼女は携帯電話をかけながらその場をうろついている。もしかしたら家族がくるのを待っているのかもしれない。ふいに彼女は道の端に駆け寄った。凝視していた方角から何かがくると感付いたみたいだ。彼女は塀の陰に隠れ、息を呑《の》む。

若い男性が走ってきた。男は興奮した顔で道を駆けていく。彼女に気づいた様子はない。男が走り去っていくのを息を潜めて待ち、彼女は塀の陰から出てきた。ちょうど母親らしき女性が現れ、二人はおそるおそるといった様子で道沿いの空き地に向かう。木の根元に女性が倒れていた。衣服が乱れていて、豊満な乳房が露《あら》わになっている。下腹部に乱れはない。女性の傍には中身が乱雑に散らばったハンドバッグ。焦ってその女性を揺り動かす姿が見える。女性は昏倒《こんとう》して意識を失っていただけらしく、目覚めると動揺して悲鳴を上げたようだ。なだめる彼女の声にやっと我に返り、女性が激しく身を震わせた。

「……なるほど、事件を目撃してしまったんですね。犯人の顔を見た、と…」

麻奈の手を軽く握り、清涼は目を細めて呟《つぶや》いた。

「は、はい…、そうなんです」

清涼の言葉に麻奈は驚愕《きょうがく》して目を見開いた。

「暗かったようですから、はっきりとは見えなかったんじゃありませんか?」

「え、ええ、あの…そうなんです。どうして…?」

まだ何も言っていないのにどうして分かるのだろうと言いたげに、麻奈が身を起こしかけた。それを制し、清涼は両手で麻奈の手に触れた。

「目を閉じて。集中してもらわないと読み取れません。この器械で今、あなたの記憶の映像を共有しています。私には映像だけで、音声は分かりません。消してほしいのは、事件に関するできごとですか？　被害者は無事なようですが…」

「被害者は犯人を見ていないのです。いきなり殴られて気絶して、……その、乱暴を…。私が怖くて助けに行かなかったから…」

言葉を濁して麻奈が唇を噛《か》む。どうやら麻奈は、自分がもっと早く助けに入れば、被害者が無事だったということに関して責任を感じているらしい。そのうえ犯人を見たのは自分だけ、という状況に強烈なストレスを感じたのだろう。おそらく警察からもしつこく犯人について聞かれたに違いない。あの場で助けに行けるのはよほど自分に自信を持った人間のみだと思うが、時が経《た》つにつれ後悔の念に苛《さいな》まれている。

「犯人はまだ捕まっていないのですね」

清涼の声に、麻奈がこくりと頷《うなず》く。それは余計に責任感を覚えただろう。せっかく目撃してもはっきりした記憶はなく、モンタージュ写真も作れなかった。

脳裏に警察で受けた数々の嫌な記憶があふれてきた。これは後始末がけっこう大変だ。

「事件そのものの記憶を封印しますか？　すべて消すのは大変ですから、事件の日の記憶を修正するほうがいいかもしれません。事件から三年経って犯人も見つからないようでは、今さら証言台に立つこともないでしょうし」

「記憶の…修正？」

「ええ、つまり事件の日、あなたは倒れている女性を発見した。それだけです。犯人を見ていないし、女性を助けただけ――そのように記憶を修正することが可能です。あなたのかわりにお母さんが覚えているなら、警察から何か言われた時にも対応できるでしょう」

麻奈がゆっくり目を開け、母親へと顔を向ける。傍で見守っていた母親が大きく頷いて、そうなさいと目で訴えた。

「じゃあ、それでお願いします。もう気に病むのは嫌なんです…いつもあのことを思い出すと自己嫌悪に陥ってしまって…」

麻奈の要求を聞き入れ、清涼は右手をすっと伸ばした。麻奈の額に手を当て、再び目を閉じさせる。

「では、目を閉じて…私の声だけ、聞きなさい…。深いところに落ちていくイメージを描いて…」

囁《ささや》くように清涼は告げ、麻奈の両手首をそっと握った。軽くぶらぶらと揺らして両手をそっと肘掛けに置く。

「少しずつ手が重くなっていきます…両腕が重くなっていく…そう、もう持ち上げられないね…、そのままゆっくり…」

麻奈はすでに清涼に心を開いている。催眠状態に陥らせるのは簡単だった。

背後で心配そうに母親が見守っている。清涼はなめらかな声で麻奈に催眠術をかけ始めた。

母子が帰って行くのを二階の窓から見送り、清涼はデスクに戻った。

今日の客は満足して帰って行った。特に母のほうはすっかり清涼を見る目が変わり、カリスマ教祖を見つめる信者のような目つきになっていた。娘が本当に事件について忘れ去ってしまったので、これは本物だと確信したのだろう。一回二十万円という大金を惜しげもなく払っていった。セッションはあと二回必要だと告げ、次回の予約も取りつけてある。催眠にかかりやすい客で助かった。中にはなかなか催眠が効かない客もいる。そういう輩《やから》には、清涼の見た記憶を事細かに告げる。自分しか知らないはずの記憶を告げられると、人は動揺し相手を霊能力者みたいなものだと勘違いする傾向にある。その点で清涼の持つ能力は便利だった。

――他人の持つ記憶を垣間見ることができる、と気づいたのは清涼が中学生の頃だった。

他人と触れ、相手がその記憶を引き出すと、同時に清涼もその記憶を見ることができる。中学生の頃はよく分からずに失《う》せ物《もの》探しなどをしていたが、やがて気味悪がられるようになり、他人との接触をやめた。

人に限らず、清涼は物からも思念を読み取り何が起きたかを知ることができる。ただし物質に関しては人間より読み取るのが困難で、確実性がなかった。

この能力を何か商売にいかせないかと考えたのは、友人の塚本《つかもと》という男だった。それまで無駄な能力と思っていたのに、塚本は絶対面白い商売ができると清涼をその気にさせた。そして知恵を搾りあい、この他人の記憶を消すという怪しい商法に行き着いた。

塚本は金持ちで変人だった。このビルもいくつかある塚本の持ちビルだ。以前クリニックを開いていた男が転居するということで、内装はそのまま使えるし、清涼にどうかと話を持ちかけてきた。

人は他人に記憶を探られるのは嫌なものなのだ。そういう意味で、クリニックだった内装をそのまま使えるのはいい案だった。考えた末に清涼は数々の機器を仕入れてそれらしい器具を作り上げた。客はあの器械がなければ読み取れないと分かると、安心する。催眠術を会得するのはそれほど難しくなかった。実践してみると記憶を読み取られた客は、途中から完全に清涼のことを信じきってしまうので、ほとんど催眠にかかっているようなものなのだ。

最初は閑古鳥が鳴いていたこの商売だが、時が経つにつれ口コミで広がり、今では思いのほか安定した収入を得るまでになってしまった。何よりも一度のセッションで二十万円という法外の値段を惜しみなく払うのが、清涼にとっては失笑ものだ。客は清涼の能力を見て、すっかり信じきり金を出す。インチキ商売と紙一重の商法だとも思わずに。

「先生、アタシもぉ帰ってもいい？　今日のお客さっきので終わりでしょ？」

ノックもなしにドアが開いて、佳織があくびをしながら入ってきた。すでにナース服は脱ぎ去り、襟元の大きく開いた赤いセーターに着替えている。先ほどまでの礼儀正しい態度はすっかりどこかへ消え去り、清涼のデスクにどすんと柔らかな尻《しり》を落ち着ける。

「ああ、いいよ。次は明後日、二件あるからね。智君《さとる》によろしく」

引き出しから金の入った茶封筒を差し出すと、佳織の顔が晴れやかになりうやうやしく茶封筒を持ち上げる。

「まいどありー。今度店にもきてよぉ。あ、客じゃなくても智の遊び相手でいいからさぁ」

いそいそと茶封筒をバッグにしまい、佳織が敬礼する。佳織には三歳になる息子がいて、女手一つで子どもを育てている。塚本の経営するキャバクラで働く彼女にバイトしないかと声をかけ、こうして受付嬢の代わりをさせている。

「はいはい、今度ね」

パソコンの画面から目を離さずに、ひらひらと手を振り佳織を見送った。

客のデータとセッション内容を書き込み、清涼はふうとため息を吐いた。来院した客のデータを呼び出し、次々とクリックしていく。

今日の客の記憶を探った時、清涼の脳裏に引っかかるものがあった。犯人の顔をよく見ていないと客は言っていたが、それを覗いた清涼には彼女がしっかりと犯人の顔を見たのが分かった。これ自体はそう大した問題ではない。記憶をねじまげるというのはよくあることだ。特に日が経つにつれ記憶というものは曖昧《あいまい》になっていくもので、彼女がはっきり見ていないと思うのは仕方ない。

それよりも、それを覗いた清涼のほうに気になる点がある。

犯人の顔に見覚えがあったのだ。

人の顔を覚えるのが得意な清涼は、一度でも会った人間の顔は忘れない。その記憶の中で、確かにあの犯人と似た男を見た。

（ああ、これだ。一色《いっしき》…とか言っていたな）

来院した時に変わった名字なので覚えていた。二年くらい前に直接ここにきて、記憶を消せるとは本当かと尋ねてきた青年だ。ちょうど清涼しか人がいなくて、消せるが費用がこれくらいかかると告げると、高すぎて払えないと帰って行ってしまった。携帯電話の番号だけ書いていったらしく、記録に残っている。

おもむろに電話に手を伸ばし、清涼はその番号を押した。繋がるかどうか不明だったが、コールが鳴り、番号が生きているのが分かる。しかしすぐに留守電に切り替わり、果たしてこの電話番号の主が一色かどうか確信は持てない。

「ＬＴＭクリニックの守屋清涼です。以前当院に足を運んでくださった方にモニター募集の連絡をさせていただいています。記憶に関するお悩みなどありましたら、今回に限り費用は無料とさせていただきますのでどうぞご連絡ください」

清涼はよどみない声で留守電にメッセージを吹き込んだ。つけ加えるように、募集期間は今月いっぱいだと伝える。無論モニター募集などしていないし、他《ほか》に募集する相手もいない。けれどこうして限定期間を区切ることで、今申し込めば得だという印象を刷り込める。限定に弱い人間は多い。特に他人の甘言に左右されやすい人間や競争意識が強い人間は、何も買わなければ得も損もないというのに、申し込まないことで損をしたような気になるものだ。果たしてこれで一色が釣れるかどうか分からなかったが、餌《えさ》はばらまいておくに限る。

「では失礼いたします」

連絡先を告げた後、丁重に電話を切り、清流はデスクから立ち上がり白衣を脱いだ。

「さて、飲みにでも行くか」

メガネを外し、ネクタイを無造作に解《ほど》く。引き出しから煙草を取り出した清涼は、銜《くわ》え煙草《たばこ》で部屋を出て行った。

繁華街をぶらぶらと歩き、奥まった細い路地を入って行く。まだ夕方四時という時刻もあって、繁華街を歩くのは若い女性が多い。飲み屋が軒を連ねる通りに入り、清涼は古びた四階建てのビルの階段を上って行った。二階には『迷い道』と看板のかかった赤いドアがあり、営業中という札がかけられている。ドアを開けると、こぢんまりとした店内には大小六つのテーブルとカウンターがある。営業中のはずだが客は窓際でコーヒーを飲んでいる老人しかいない。

カウンターの中にはずらりと酒瓶が並び、一見バーにも見えるが、『迷い道』はれっきとした喫茶店だ。けれど清涼は一度もケーキの類《たぐい》をメニューで見たことがない。そもそも喫茶店は酒をおけないはずなのだが、それについてオーナーである塚本に突っ込みを入れると、あれは私物だからとその場しのぎの答えが戻ってくる。

「あ、清涼さん。今日はオーナーきてますよ」

清涼が店内に入って行くと、カウンターを拭《ふ》いていた従業員が気づいて声をかけてきた。しょっちゅう入り浸っている清涼のことを、店の人間はオーナーの身内と認識している。

「そ。北野《きたの》君、今日もかっこいいね」

店の清掃をしているのは北野という大学生の男の子だ。いかにも今時の子らしく、洒落《しゃれ》た髪型をしている。北野は平凡な顔をしているが、服装や髪型に必要以上に気を遣っていて、彼にとって容姿が非常に大きなパーセンテージを持っているのが分かる。清涼が容姿を褒めると目に見えて顔が輝いた。

「もう、からかわないでくださいよ」

照れた顔でそっぽを向く北野に薄く笑いかけ、清涼はカーテンで仕切られた奥の部屋に入って行った。わずかに段差があり、そこで靴を脱ぐ。

「塚本、いるか？」

カーテンで仕切られた先にはドアがあり、ノックをすると中からどうぞと声がかかった。

「お、客？　お前の女か？」

ドアを開け、いつものように中に入ろうとして、窓際に女性が立っているのが目に入った。

「うん、新しい彼女。黒薔薇《くろばら》さんって言うんだ」

ベッドに座って携帯型のゲームで遊んでいた塚本が答えた。奥の部屋はこのビルのオーナーである塚本の住処《すみか》の一つで、ベッドと小さなテーブル、本棚などがある。ベッドに寝転んでゲームに耽《ふけ》っている塚本とは、飲み屋で知り合った。場所は忘れたがどこかの立ち飲み店で飲んでいた時、飲み代が足りないのに気づき、ちょうど隣にいた塚本に声をかけた。

「何か探し物ないか？　千円で探してやるよ」

確かそんなふうに清涼から持ちかけたと思う。

「じゃあ失《な》くした銀の指輪を探してくれ。髑髏《どくろ》のリングだ」

塚本の第一印象は「怪しい人間」に尽きる。サングラスをかけ、全身迷彩服でがっちりしたブーツを履き、ドレッドヘア、とくれば、ふつうの人は声をかける気になれないだろう。当時金のなかった清涼に怖いものはなかった。ＯＫ、ＯＫと頷き塚本の肩に触れ、にやりと笑った。

「意地悪いな、後ろのポケットに入っているじゃないか」

質問をするまでもなく、飲む前にポケットにしまった記憶が飛び込んできた。清涼の言葉に塚本は驚いた顔になり、ここはおごろうと言い出してきた。

「あんた、どうして分かった？　俺は一時間前からここにいる。指輪を入れたのを見ているはずがない。当てずっぽうか？」

興味津々といった顔で問いかける塚本に、記憶を探れるという話をした。ふだんなら隠しているはずの話をしたのは酔っていたのもあったが、塚本のいでたちが変わっていたのも大きい。変人に変な話をしたって失うものはない。

「面白い、それ商売にしないか？」

塚本は清涼の話を聞き、がぜん興味が湧《わ》いたようで身を乗り出してきた。それから住むところがない清涼を塚本は好きなところに住めばいいとあちこちの住処へ案内し始めた。塚本は祖父が地主だったこともあって、この界隈《かいわい》の店や土地をたくさん所有している。金持ちになると変な方向性に行く人間もいるものだ。塚本は戦争マニアで、自宅には戦艦や戦車、飛行機といったプラモデルが所狭しと積まれていた。ジオラマが好きらしく、ガラス棚の中にはミニチュアの軍人たちが闘っている姿が飾られている。当然着る服も迷彩服が多く、会うたびに微妙に違う迷彩服を着こなしているが、違いがよく分からない。

そんな塚本とは何だかんだと五年のつき合いだ。偶然にも年が同じで、互いに今年二十九歳になった。五年つき合っても未《いま》だに塚本のサングラスを外したところを見たことはなく、素顔は謎《なぞ》に包まれている。

謎に包まれているといえば、塚本の交友関係も謎だ。意外な大物と仲良しだったりもするし、老齢の友人がやたらといるし、中でもつき合う彼女に関しては清涼の予想をはるかに超えている。前回は陽気なケニア人でその前は毎食カレーを作ってくれるインド人、その前に至ってはギャハギャハ笑い続ける女子高生だった。顔にもスタイルにも一貫性がなく、何を指針としてつき合う相手を選ぶのか分からない。

そして今回は、怪しい占い師のようだった。

「黒薔薇…さん、って何？　ペンネームとかそういうの？」

黒薔薇と紹介された女性は窓際に立ち、紫のヴェールを頭から被《かぶ》った服装をしていた。ずるずるしたサテンの衣装を着て、鼻から下はヴェールで覆っている。ヴェールの下には膝《ひざ》まで届く長い黒髪が見えて、これはセックスの時に邪魔じゃないかと余計な心配をしてしまった。

「黒薔薇さんは占い師やってんだって」

ゲーム画面から目を離さずに塚本が答える。ちらりと黒薔薇と呼ばれた女性を見ると、ちょうど振り返り、ばちりと目が合った。黒く引いたアイラインがなかなか強烈だ。

「あなたがくるのは分かっていました」

おごそかに黒薔薇が囁く。

「あ…ドモ」

雰囲気に呑まれて清涼が頭を下げると、ベッドのほうから「俺《おれ》が言ったからね」と塚本が口をはさむ。

黒薔薇はおもむろに懐からタロットカードを取り出すと、床に並べて何やら占いを始める。

「近く、運命の出会いが訪れるでしょう。太陽のカードが出ています。あなたのパートナーとなるべき相手が近づいております」

タロットカードを高く掲げて黒薔薇が断言する。

「えっ？　彼女ができるってこと？　でも俺、今狙《ねら》ってる子、いるんだけど…」

「何言ってんだ、シャオリンならもう国に帰ったぞ。清涼によろしくって言ってた」

「か、帰った⁉　ちょ、待て、俺あの子に二十万貸してるんだけどっ」

塚本の情報にぎょっとしてベッドに駆け寄る。シャオリンというのは塚本の経営するキャバクラで働いていた目のくりっとした可愛《かわい》い子だ。顔が好みで口説き落とそうと思っていたのに、中国《ちゅうごく》に帰ってしまったなんてひどすぎる。だいたいその気がありそうだと思ったから金も貸したのに、それじゃ最初から踏み倒す気満々ではないか。

「お前は本当に女を見る目がないな。だいたいお前はパープーな女が好きすぎる。要するにあれだろ、女は何も考えなくていいようなアホっ子が楽でいいと思ってるんだろ」

ようやくゲーム画面から目を離して塚本が説教してくる。図星だっただけにカチンときて、清涼はどかりとベッドに腰を下ろした。

「女の趣味についてはお前に言われたくないな。お前は無国籍すぎるだろ。今度の占い師は何だよ。喫茶で占いでもしようとしているのか？」

「よく分かったな。趣味と実益を兼ねようと思ってな。北野君は引いてたけど、けっこう受けると思うんだ。占いとケーキセット込みで二千円。な、安いだろ？」

「相場が分からん」

腕を組んで呆《あき》れ顔を見せると、塚本がにやりと笑った。

「相場なんて自分で決めるもんだろ。そんじゃ、まぁ景気づけに一杯やるか？」

ゲーム機を放《ほう》り投げて塚本がベッドから飛び降りる。しょっちゅう塚本の住処にやってくるのはただ酒が飲めるからだ。清涼に否やはない。

「お前の運命の出会いに乾杯しようぜ」

塚本にからかわれ、肘鉄《ひじてつ》で応戦する。怪しい占い師の示す素晴らしい未来より、帰ってこない二十万円のほうが清涼には大きかったのだが。

週末になり、清涼のオフィスに一色から電話がかかってきた。

『モニター募集って聞いてきたんですけど…』

寝起きで電話をとった清涼は、一色の声を聞くなり目が冴《さ》えて、手近のメモ用紙を引き寄せて受話器を握った。

「はい、お客様さえよろしければ無料にて承《うけたまわ》ります。簡単なアンケートに答えるだけですので、この機会にぜひ体験なさってみてください。セッション予定日は来月半ばまで承っておりますので、お客様の都合のいい日付などお聞かせくださいますか」

ベッドに寝転んだ状態ですらすらと清涼が喋《しゃべ》ると、しばらく沈黙が訪れた。やがて電話の向こうから口ごもった声が聞こえてくる。

『えっと…じゃあ、あの来週の水曜日…』

「ありがとうございます。では水曜日、十二時から予約を取っておきますので。お名前と電話番号だけよろしいですか？」

清涼の問いに一色が一色和彦《かずひこ》と言う名前と電話番号をぼそぼそと伝えてくる。それを書きとめ、清涼は電話を切った。

ベッドから起き上がり、壁にかけてあるボードに水性ペンで水曜日に一色三時予約、と書き込み、くくくっと唇を吊り上げて笑った。久々に遊べる客がくるかもしれない。

クローゼットを開け、黒いシャツに袖を通す。ＬＴＭクリニックの三階は清涼の自宅になっていて、寝室とリビングがある。着替えを済ませ、リビングに向かうとコーヒーメーカーで多めにコーヒーを作り始めた。リビングは四十畳あり、日差しのよい広々とした造りだ。長ソファとカウンター形式のキッチン、食器棚は壁に埋め込まれたすっきりした造りにして、リビングにはあまり物は置かないようにした。

貯《た》めた金で去年リフォームしたが、ビル自体は塚本の所有物件だ。一度も賃貸料金を払っていないのでこれでいいのかと塚本に聞いたところ、代わりに塚本が経営している店の従業員の素行調査を頼まれるようになった。ギブアンドテイクというわりに、会えば酒や飯をおごってくれるし、リフォームに関しても好きにしろと言われたので好き勝手にしている。塚本は不思議な男だ。金持ちの道楽かもしれない。

カウンター式のテーブルに着いて、コーヒーを飲んでいる時が清涼の一番好きな時間だ。きれいな家に住み、好きなコーヒーを楽しむ。これほどの至福はなかなかない。

「おっと…」

二杯目のコーヒーを飲みながら新聞を読んでいると、チャイムが鳴って来客を知らせた。まだ午前十時だ。客だとしたら、ガラスの扉に十二時からと書いてあるのを見ていないに違いない。

「はい、どなたですか」

インターホンの電話を取ると、清涼は髪を手で梳《す》きながら声を発した。基本的には電話で予約をとっているが、直接来院する客もたまにいる。客だとしたら逃すわけにはいかない。

『警察です。責任者の方に少しお話を伺いたいのですが』

目を丸くして清涼はその場で固まった。警察と聞いて、捕まるようなへまをしてしまったかと心配になった。清涼の仕事内容は霊感商法に近い。客が警察に駆け込んで法外な料金を取られたと訴えれば、手が後ろに回る可能性もある。

「……少々お待ちください」

とりあえずインターホンを切り、清涼は髪を手ぐしで直し、一階まで下りた。さすがに逃げ出すのはもっとまずいので警察を迎え入れるしかない。白衣を着ようかとも思ったが、医師免許を持っているわけではないことくらいすぐばれるので私服で会うことに決めた。

「あーどうも」

一階のガラス扉の前に、黒いコートを着た三十歳くらいの長身の男が立っていた。男はいかにも警察の人間らしく、目つきの鋭い、鍛えた身体つきをしていた。清涼がガラス扉の鍵を開け中に入れると、にこりとも笑わずポケットから警察手帳を見せる。男は捜査一課の秦野道也《はたのみちや》と名乗った。

「先日、水科麻奈という女性がこちらにきたはずですが…」

じろりと清涼を見やり、秦野が切り出してくる。高圧的な印象を受ける男だ。鼻筋が通っていて造形は悪くないのに、相手を見下すような視線が癪《しゃく》に障る。二階に通そうかとも思ったが、秦野の態度が気に食わなくて清涼はその場で応対することに決めた。

「水科さん…ですか、それが何か？　客のプライベートに関しては守秘義務がありますので答えられない場合もありますよ」

腕を組んで薄笑いを浮かべて答えると、秦野がムッとしたのが分かった。

「――彼女はある事件の大事な目撃者です。ところが昨日話を聞こうとしたら、事件の記憶がまったくないと言い出す。驚いて母親に尋ねてみると、こちらにきて記憶を消したと言われました」

黙って清涼は秦野を見つめた。

内心では少なからず驚いていた。三年前の事件と聞いていたので、今さら警察はそう簡単に動かないと踏んでいたのだ。犯人を捕まえたというのでもない限り、麻奈に用があるとは思えない。

「記憶を消すなんてうさんくさい話だと思っていましたが…」

秦野はじろじろと室内を見回して目を細める。

「まったくその通りですね」

にこやかに微笑《ほほえ》んで清涼は身を引いた。

「記憶を消すなんてうさんくさい話だ。刑事さん、そんな話を真に受けてここまできたんですか。残念ながらお力になれないようです。どうぞお帰りを」

警察が訪ねてきた理由が、麻奈に関することだったら追い返しても構わないだろう。そう判断して清涼は秦野に帰れといわんばかりにドアを開けた。

「――おい」

ふいに胸倉を摑まれて、引き寄せられる。秦野が今までの丁寧な態度をがらりと変えて、清涼に凄《すご》んできた。

「お前、本当に彼女の記憶を消したのか？」

ふつうの人間ならびびりそうな眼力で睨《にら》まれ、清涼は呆れて肩をすくめた。

「刑事さん、信じてるんですか？」

「信じてねぇよ、でも本当に彼女は覚えてないようだった。お前、一体何をしたんだ⁉　彼女は大事な目撃者なんだぞ！」

清涼を脅すように秦野が一喝してくる。びりっとくるどすの利いた声に、清涼は唇を歪《ゆが》めて笑った。怖い声を出せば相手が怯えていいなりになると思っている単細胞だ。それならこちらにも考えがある。

「目撃者って言っても、三年も前のでしょう。しかも犯人は見つかっていない、それとも見つかった

んですか」

脅しにも顔色一つ変えない清涼に、秦野のほうが顔を顰《しか》める。清涼は胸倉を摑む秦野の手をやんわりと摑んだ。

細切れに秦野が被疑者を尋問している様子が頭に入ってきた。四十代の太った男、麻奈の事件の犯人とは別人だ。

「……別件で疑いのある人物が拘留されている。彼女には面通しさせるつもりだった」

「ああ、それね。彼女の事件とは無関係ですよ」

さらりと清涼が答えると、秦野がびっくりして手を放した。

「何故《なぜ》分かる」

乱れたシャツを直し、清涼は薄く笑った。

「さてね。それよりも本当に犯人が見つかったあかつきには、きちんと彼女の記憶を戻しますからご心配なく」

秦野の表情を見て、秦野自身も別件で捕らえた男が犯人とは思っていないのが分かった。むろん清涼は一色に関する情報を流す気などない。

「そんな簡単に戻るものなのか」

気味悪そうな顔で見られ、清涼はにっこりと極上の笑みを浮かべた。

「記憶というのは意外にシンプルな作りをしているものなんですよ。それじゃそろそろ忙しい時間ですのでお帰りいただけますか。今度くる時は電話で予約を取っていただきたいものです」

慇懃無礼《いんぎんぶれい》な口調で告げ、清涼は秦野を再びドアへ導いた。秦野は半信半疑といった顔つきながら、これ以上話しても埒《らち》が明かないと思ったらしく、黙ってビルを出て行った。もともと二人一組で行動するはずの刑事が一人で現れた時点で、秦野の単独行動だと分かっている。どうやらあの男、麻奈が関《かか》わったあの事件に人一倍思い入れがあるようだ。

(嫌な客がきたもんだ)

警察の人間など二度ときてほしくない。清涼はぼやきながらきっちりと鍵《かぎ》を閉め、階段を上った。


寒気が押し寄せ、水曜日には雪がちらつく天気になった。約束していた時間に一色がくるかどうか心配だったが、積もらない雪だったというのもあって時間通り一色は現れた。階下で佳織が受付をし、何食わぬ顔で二階に連れてくる。いつものパターンだ。

「どうぞ、お待ちしておりました」

入ってきた青年を見て清涼は穏やかな笑みを浮かべた。一色は二十代半ばといった感じの陰気な青年だった。猫背で重い前髪をしている。着ているものは洒落っ気のまるでない水色のセーターにフードつきのジャンパー。靴は汚れている。おどおどした様子で中に入ってきて、清涼と目も合わさずに導かれたソファに腰掛けた。

「モニター募集に参加していただいてありがとうございます。さっそくですが、まずはこちらの質問表に答えていただいていいですか?」

あらかじめ作っておいた適当な設問が書かれた紙を手渡し、ボールペンを握らせる。設問には大した内容はない。好きな色や嫌いな動物、アレルギーがあるかどうかといったでたらめな内容だ。それでも一色はおとなしくボールペンで書き込み始めている。

「どうもありがとうございます」

書き終えた用紙を受け取り、デスクに置いた。一色は落ち着かない顔できょろきょろと辺りを見渡している。

「ではどうぞ、こちらへ。これから簡単なセラピーと消したい記憶についての質問をします。もちろんここでの会話はすべて外部に漏らされることはありません。守秘義務がありますので、安心して何でもお話しください」

一色を奥の部屋に誘導しながら、淡々《たんたん》とした声音で続けた。奥の部屋の一人掛けソファに座るよう促すと、一色はためらいつつも腰を下ろした。腰を下ろしてしまえばこちらのものだ。清涼はもっともらしい器具の説明を続け、一色の腕にアームカバーをつけていく。一色は半信半疑といった顔で手近の器械を眺めていたが、清涼がプラグのたくさんついた帽子を被ると何故か身を乗り出した。

「今、私と一色さんは繋がっているんですよ。微弱ですが電流が伝わっているのが、お分かりになりますか？」

そっと一色の手の甲に手のひらを重ねると、びくりと一色が身じろぐ。

「どうぞ、消したい記憶に関しておっしゃってください。くわしく話していただかなくても結構ですよ。あなたが強く念じれば、私にはそのイメージが伝わります」

おごそかな声で囁くと、一色の目が揺れた。

「あの…」

脳裏に幼い頃の一色の映像が飛び込んでくる。泣いている子どもを折檻《せっかん》する母親。

「なるほど、お母様に折檻された記憶を取り除きたいのですね」

清涼が頷きつつ呟くと、ぎょっとして一色が目を見開く。まるで恐ろしいものでも見る目つきで一色は清涼を凝視して、手を振り解こうとした。

「どうぞ落ち着いて。今、この器械であなたの放つイメージを受け取っています。私はあなたの味方ですよ、あなたから悪い部分を除去しましょう。そうすればあなたから暗い影は取り除かれます」

薄く微笑む清涼に、一色が呑まれたように動きを止めた。

「あなたの母親は神経質な方だったようですね。何の罪もないあなたを教育と偽って、精神的にも肉体的にも苦しめ続けた…」

一色が思い出す記憶を読み解き、清涼はいたましげに一色を見つめた。

「あなたは何も悪くない。むしろ被害者ですよ」

勇気づけるように一色に語りかけると、一色の表情に変化が表れた。まるでそう言ってもらえるのを待っていたかのように初めて清涼と目を合わせる。

「嫌な夢を…見るんです」

腹から搾り出すような声で一色が呟き始めた。黙って清涼が覗き込むと、陰鬱《いんうつ》な顔をさらに歪め、一色が唇を噛む。

「忘れたいのに、小さい頃された嫌な記憶が…夢の中に出てきて…」

「分かります、ストレスが溜まると嫌な記憶は呼び覚まされるものです。生きているとつらいことも多いですからね、一色さんはいつもストレスが溜まるとどうされるんですか?」

時計の秒針の音が室内に響いている。抑揚のない、穏やかな喋り方で清涼は一色に問いかけた。とたんに脳裏に異質な映像が流れてきた。暗がりに倒れる女性、露わになった太もも、泣きじゃくる女の顔、投げ出されたハンドバッグ、パトカー。それらはすべて細切れで、瞬間的にしか浮かばない。

(これはビンゴ——どころじゃないな。おいおい、常習犯かよ)

混乱した顔をしている一色に微笑みかけ、清涼はそっと手を放した。脳裏に飛び込んできた記憶の被害者たちは、ざっと分かるだけで四人の女性が見えた。どうやら一色はストレスが溜まると婦女暴行を働いていたらしい。こういった映像は何度見ても嫌なものだ。清涼は気を取り直し、ポケットから先端が緑色の光を放つペンを取り出した。

「ではそろそろ記憶の封印へ進みましょう。じっとこの光を見て…ゆっくり動きますよ、そう少しずつ身体が重くなってゆきます…」

催眠状態へ誘導していくと、かかりやすい性格もあってかすぐに一色はぐったりとした。耳元で右手を上げて、と囁くと迷いもなく上げてくる。依頼心が強く、何か起こっても自分の責任ではないと思い込むタイプなのだろう。

「次のキーワードを思い出すと痛みが発します…よく聞いて。母親」

母親と告げたとたん、軽い電流を一色に流した。ぴくりと一色の眉《まゆ》が寄る。

「子ども」

再び電流を流していく。

清涼が行っているのは記憶を消す行為ではない。嫌な記憶を引き出すようなキーワードに対し、ちくりとするような電流を与え、被験者がそれを思い出してはいけないと思い込ませるだけだ。はっきりいえば詐欺だが、この方法が一番記憶を封じ込めるのに簡単でいいから行っている。催眠状態の一色にも他の人間と同様にその方法を行う。

だが一色にはこれだけで終わらせる気はない。

「よく聞きなさい、あなたはさらに深い眠りに入っていきます…」

こぼれおちる笑みを必死に堪《こら》え、清涼は一色の耳元で囁き続けた。


三月になると、先月までの寒さが嘘《うそ》のように空気が暖かくなった。ビルの通りにはたんぽぽや桜が芽吹き出し、春の到来を告げている。

パチンコで有り金全部すって清涼が自宅のビルに戻ると、シャッターが下りている入り口の前に見覚えのある男が立っていた。コートを脱ぐと余計に大柄な身体が目に入る。刑事の秦野だ。回れ右して塚本のところにでも逃げようと思ったが、それよりも早く秦野が気づいて足早に清涼の傍へ駆け寄ってきた。

「おい、お前あいつに何かしただろう⁉」

開口一番怒鳴りつけられ、秦野が清涼の胸倉を摑んでくる。うんざりして清涼が銜えていた煙草を地面に落すと、秦野がそれを踏みつけビルのほうへ引きずり始めた。

「おいおい、刑事さん。もう、何だよ？　かよわい一般市民にいきなり暴力って」

「ここじゃ目立つから中に入れろ」

ビルの前まで清涼を引っ張ると、秦野が苛立《いらだ》った顔で告げてきた。心底嫌だと思ったが、往来で喧《けん》嘩《か》をして近所の不評を買いたくない。渋々清涼は裏口の階段に秦野を連れていった。三階まで階段を上り、自宅の鍵を開ける。

「あー今日はついてねー。パチンコは負けるし、変な刑事はくるし」

裏口から自宅に秦野を連れて入り、仕方ないのでリビングに通した。礼儀としてコーヒーくらいは淹《い》れるべきかと思ったが、秦野は見た目にも立腹した様子で清涼を睨みつけている。

「もう、だから何。ホントあんた刑事かヤクザか分からないよね」

「お前、一色和彦に何かしただろう!!」

ソファに腰掛けた清涼を立ったまま見下ろし、秦野がいきなり大声で叫ぶ。秦野の口から一色の名前が出たのは意外だった。この刑事、思ったよりも仕事ができるかもしれない。

「何かってナニ？」

「とぼけるな！　一色がおかしくなった！」

秦野が怒っている理由と自分の家にきた理由が分かって、清涼は身を折って笑い出した。

「ははは！　ああ、さっそくやってくれた？　とりあえず服を買いまくれって指示したけど、順調にやってくれちゃってるんだ？」

清涼の笑い声に秦野のこめかみが引きつる。

催眠をかけた時に、ストレスが溜まったら、ともかく何でもいいから買い物がしたくなる、という暗示をかけておいた。金が足りなくなったらカードを使え、カードも駄目ならサラ金に借りて買え、と買い物依存症になるよう仕向けた。もともと依頼心の強い性格だ。さっそく買いまくっているに違いない。買い物をして落ち着くのがこの症状の不思議なところだ。買うだけで満足する。買った物にはむしろ興味を覚えず、包装も解かない。

「やっぱりお前の仕業だな!?　あいつはひそかに目星をつけていた男だ…っ、そいつが急に散財するようになっておかしいと思ったら、ここにきたことがあるというじゃないか」

ひどくいきり立った様子で秦野が拳《こぶし》を握って怒鳴る。清涼はだらしなくソファに寝そべり、ニヤニヤと笑って秦野を見上げた。

「刑事さん、ちゃんと仕事してんじゃん。よかったね、あれは当たりだよ」

清涼の馬鹿《ばか》にするような笑いに、秦野の顔がハッとする。

「当たり…？」

「犯人、ってこと。連続婦女暴行事件の。あ、連続だってちゃんと知ってた？　あいつ他にも何件か事件起こしてるよ」

平然と告げる清涼に、秦野が身体をわななかせる。

「だったら…っ、何故協力しない、あいつは長官の甥《おい》っ子ということもあって証拠がないとしょっぴけないんだ！」

秦野の言葉に内心驚いて目を丸くした。見たところ金を持っているようには見えないいでたちをしていたから、中流以下の家庭だと思っていた。親類に警察長官がいるなら、それなりの暮らしをしてもよさそうなものだ。

「協力？　冗談でしょ、何で俺が警察なんかに協力するわけ」

足を組んで清涼がさらりと返すと、秦野の顔が引きつった。

「どうせ捕まえたって数年で出てこられるような罪にしかならないんだろ？　おまけに偉いさんの息がかかってるなら、立証するのも大変だ。そもそも三年前の事件で未だに様子窺《うかが》ってるだけなら、絶望的じゃないの？　まさか、あれ？　一色がまた罪を犯すのを待ってるとか？　うわー最低だなー」

清涼のせせら笑いに秦野がカッとした顔で胸倉を摑んできた。

「お前に何が分かる…っ、俺だって一刻も早く捕まえたいと思っているんだ！　証拠さえあれば、あいつの家を家宅捜査できるのに…っ」

「だから捕まえたって無駄って言ってるじゃない。まぁ放っておきなよ、そのうちあいつはサラ金に金を借りるようになって生き地獄を味わうから。催眠が解けなければ闇金《やみきん》に手を出すよ。破滅するね、あんな奴《やつ》は首くくって死ねばいいよ」

煽《あお》るように清涼が悪し様《あざま》に告げると、秦野の理性が飛んだのが表情で分かった。次の瞬間には頬《ほお》を張られていて、清涼はソファに引っくり返った。

「お前は…っ、お前のやってることは間違っている…っ」

秦野の大きな手で叩《たた》かれ、頬がじんじんと熱くなっていた。拳で殴られたわけでもないのに、さすが警察の人間というべきか、かなり痛い。すうっと清涼は表情を失くし、冷たく光る目で秦野を見上げた。

いきなり殴られて、頭に血が上った。

「あんた直情型だな。法律でしか人を裁けない愚鈍な人間だ」

ゆらりと立ち上がり、清涼は左手を秦野の胸に押しつけた。

「こんなところまでわざわざきて、そんなに婦女暴行事件に思い入れがあるのか?」

鋭く秦野を見据えて詰問した。

とたんに触れた場所から脳裏に映像が伝わってきた。小さな男の子が青ざめた顔で布団に横たわっている。目の前の男の面影がある。多分秦野の子どもの頃なのだろう。愛らしい顔をした子どもが父親らしき男に裸にされ、身体を弄られている。子どもの泣いている映像はすぐに消えた。次には感情を失ったかのようにうつろな目をして天井を見ている映像が流れる。

「ああ…、父親に性的な暴行を受けてきたってわけか…？　だから女や子どもみたいな弱い立場の人間を苦しめる犯人が許せないって？」

　唇を吊り上げて清涼が切り込むと、秦野の顔が瞬時に凍りついた。恐怖が顔に刻み込まれている。思わず笑い出しそうになったくらい、情けない顔だ。何故分かったのかと言いたげに、秦野の目が驚愕に揺れる。

「あんたの記憶、見たんだよ」

　にべもなく清涼が突きつけると、秦野の顔が可哀想《かわいそう》なほど真っ青になった。信じられない、と言いたげな顔と、過去を知られたという恐怖で秦野の身体が大きく震える。

「お可哀想にね。トラウマになって、男しか愛せなくなっちゃったみたいじゃない」

　なおも記憶を探り清涼がからかうような声を上げると、いきなり秦野が清涼の腕を払いのけた。

「き、さま――」

　しわがれた声で秦野が叫び、清涼の身体をソファに押し倒してきた。秦野は理性が吹っ飛んだように険しい表情で清涼の頭をクッションに押しつける。清涼は殴られるのを覚悟したが、秦野はそれ以上に怒りを覚えたらしく、乱暴な手つきで清涼のズボンを引きずり下ろしてきた。

「ちょ…っ、い、た…っ」

　もどかしげにベルトが抜かれ、ジーパンのボタンがはじけ飛ぶ。秦野は清涼の背中に圧《の》し掛《か》かってくると、下着ごと清涼のズボンを膝まで下ろし、無骨な指を尻の穴に突っ込んできた。

「――ああ、そうだ、俺は善悪も分からない頃から、親父《おやじ》にこんな場所を弄られてきたんだ」

低く吐き出すような口調で秦野が入れた指をめちゃくちゃに動かしてくる。潤いもなくそこに指を二本入れられ、清涼は痛みのあまり悲鳴を上げた。

「痛…っ、い、てぇ…っ、クソ、この野郎…っ」

必死になって暴れて秦野の下から這《は》い出そうとするが、恐ろしい力で首を押さえつけられ身動きが取れない。そうこうするうちに奥まで指が入れられ、切り裂くような痛みが清涼を襲った。

「ひ…ぃ、ぐ…っ、やめ…っ」

殴られるのは覚悟していても、秦野がこんな行動に出るのは予想外だった。やめてくれと清涼が叫んでも、秦野は頭に血が上り清涼の声が耳に入っていない様子だ。

「お前に何が分かる…!? 何でお前が俺の知られたくない過去を知ってる…っ、俺が必死に忘れようとしてきた過去を…っ」

秦野がわめきながら、指を引き抜く。安堵したのも束《つか》の間《ま》、大きく足を広げられ、ファスナーが下ろされる音がした。まさか、と思い振り返ろうとする前に、秦野が取り出した一物を乱暴に扱《しご》き上げ、清涼の尻の穴に押しつけてくる。

「お前も同じ思いを味わってみろ…っ」

いきり立った声で秦野が強引に猛《たけ》ったモノを押し込めてくる。許容外のモノを突っ込まれ、激しい痛みと痺《しび》れが清涼を襲った。

「い、たぁ…っ、い…ぐ…ぅ」

痛みのあまり、生理的な涙が滲《にじ》んでくる。秦野が性器を突っ込んできた部分が、裂けて出血したのが分かった。必死に逃げようとして前にのめっても、秦野は清涼の腰を捉《とら》え、最初から痛めつけるかのようにガンガンと腰を使ってくる。

「痛…っ、ひぐ…っ、うぐ…っ」

灼熱《しゃくねつ》の棒で内部をかき回され、痛くて痛くて歯を食いしばるしかなかった。もうこうなったら秦野が達するのを待つしかない。煽ったのは自分だから自業自得といえばそうだが、こんな痛みを受けるなら適当にあしらえばよかったと後悔した。秦野の力はすさまじくて、抗《あらが》ってもびくともしない。おまけに完全に頭に血が上って清涼の声すら届いてない。

秦野の正義漢ぶりに清涼も苛立っていた。融通のきかない男の言い分に、相手の痛いところを突いて馬鹿にしてやりたかったのだ。

久々に馬鹿な真似《まね》をやった。痛みに悲鳴を上げ、清涼は己の浅はかさを悔やんだ。

「はぁ…はぁ…」

秦野は興奮した状態で清涼をしばらく苦しめたが、ややあって息を詰まらせ清涼の中に精液を吐き出して果てた。

「う…、く…」

秦野が達したことで強張《こわば》っていた身体をようやく弛《ゆる》める。秦野は息を乱し、しばらく清涼の中に留《とど》まっていた。二回戦目に突入されたら死ぬな、と頭の隅で考えた頃、秦野はずるりと濡《ぬ》れた性器を引き抜いた。

「はぁ…っ、はぁ…っ」

どさりと秦野が腰を下ろし、髪を掻《か》き乱す。秦野からあふれ出るような怒りのオーラが消えたのを感じ、清涼はずるずると秦野から離れ、ソファに横たわった。尻が焼けるように痛い。まさか刑事にレイプされるとは思わなかった。

少しの間、互いの息遣いだけが室内に響いていた。清涼は声を出すのも億劫《おっくう》で黙ってソファに横たわっていた。秦野の出方を見てから、こちらの反応を決めるつもりだ。秦野はしばらく頭を抱え込み、その場で荒く息を吐き出していた。

射精して、頭が冷えたのだろう。秦野が顔を覆う。

「……すまん」

長い沈黙の後に、搾り出すように秦野が呟いた。

謝るということは悪いと思っている証拠だ。内心安堵していたが顔には出さず、清涼はゆっくりと身を起こした。動いた拍子にあらぬ場所が痛んで呻《うめ》き声を上げる。

「あんたさ…、俺このまま警察に駆け込んだら懲戒免職だよ。中に精液残ってる。言い逃れできないだろ…下手すりゃ捕まる」

顔を顰めて近くにあったティッシュを取ると、下腹部を拭《ぬぐ》った。見る前から分かっていたが、秦野の出した精液と自分の血液がべったりついている。

「悪かった…頭に血が上った」

秦野は沈痛な面持ちで頭を抱え込んでいる。清涼よりよほど悲劇的な顔をしていて、怒る気にもなれなかった。表情だけ見たら、レイプされたのは秦野みたいだ。

「まるであんたがレイプされたみたいな顔してるよ」

打ちのめされた様子の秦野を見ていると、怒りも治まってきた。もとはといえば秦野を煽ったのは自分だ。こんな仕返しがくるとは予想していなかったが、目の前でこの世の終わりみたいな顔をされると、罪悪感に駆られる。

「自首してくる…被害届を出してくれ」

暗い声で呟かれ、呆れて清涼は身を引いた。いきなり自首か。

「おいおい、俺に警察行って秦野ってでかい男にケツ掘られましたって言わせるつもりかよ、どんな羞恥《しゅうち》プレイだよ」

ティッシュで流れてくる精液を押さえていると、驚いた顔で秦野が見つめてきた。

「何でお前はそんな平然としているんだ。……慣れているのか？」

「アホか、男にケツ掘られたなんて初めてだっつうの」

「じゃあ何故…？」

痛みはあったが、秦野の落ち込んでいる様子を見れば、一緒に嘆くのも馬鹿らしくなっただけだ。

しかしそうとは言わずに清涼は顔を顰めて傷口を押さえた。

「あんたが見られたくなかった記憶を、勝手に見た俺も悪かったからな。それよりそのでかいのしまえよ」

薄く笑って秦野の股間《こかん》を顎《あご》で指すと、慌てた顔で秦野が後始末をして身づくろいをした。秦野は急にいろいろな感情が湧き起こったようで、目をうろつかせ、申し訳なさそうに清涼を見る。

「悪い…中に出しちまった…。嫌じゃなければ洗うが…」

「馬鹿か、嫌に決まってるだろ、痛みが引いたら自分でやるよ」

気弱な顔を見せる秦野に、少しだけ愛嬌《あいきょう》を感じた。不遜《ふそん》な態度しか取らない男だと思っていたが、こうして見ると可愛いところもある。

「……お前、どうして俺の記憶なんかを見られるんだ…？」

しばしの沈黙の後、気になった顔で秦野に聞かれた。じっとしていたおかげかだいぶ痛みは引いてきて、清涼はのろのろとズボンを腰まで上げてため息を吐いた。ボタンが見つからない。掃除する時にでも探しておこう。

「ある日そういう能力が芽生えたんだ。触ると相手の記憶が見える。今度は信じたのか？」

からかうように清涼が笑うと、秦野が瞬きをして見つめ返してきた。威圧感を潜めた秦野を見ると、改めて整った顔だというのが分かる。秦野の目が複雑な熱を伴って自分を見るのに気づき、しくじったかなと清涼は目を伏せた。

「あんたの記憶、封印してやってもいいけど？　一回二十万円だけど、半額にしてやってもいいよ」

ソファの背にもたれ、試すように問いかける。秦野は即座に首を振り、乱れた髪をかき上げた。

「いや、いい。これも俺の一部だから」

あっさりと告げた秦野に、清涼は驚いて目を瞠《みは》り、口元の笑みを引っ込めた。

嫌な記憶は失くしてしまいたいと願う人ばかり見てきたせいか、秦野の言葉は意外だった。弱いと思っていたのに案外強い心の持ち主だ。それに清涼の異質な能力を知っても、ほとんど態度が変わらない。もしかしたらまだ信じていないのかもしれないが、ただ威張っているだけの人間ではないらしい。

「悪いと思ってるなら、今すぐ帰ってくれるか。そんでもう二度とくるなよ」

揶揄《やゆ》するように清涼が告げると、秦野は開きかけた口を閉ざし、黙ってソファから立ち上がった。

起き抜けに朝食を求めて入った喫茶店に、夕方まで意味もなくだらだらと居座った。よく使う店というのもあって、清涼が長居してもウエイトレスは気にする様子もない。今日と明日は仕事の予定も入っていないので暇だ。喫茶店の壁にかかっている時計が夕刻五時を示した頃、清涼は座っているのにも飽きて店を出た。

通りはすっかり春の顔を見せていて、並木通りには桜が蕾《つぼみ》をつけ始めている。ぶらぶらと当てもなく歩き続け、気が向いて『迷い道』に向かった。

「あ、清涼さん、こんにちは」

『迷い道』には客が一組しかいなかった。あいかわらずこれでやっていけるのか心配になるほどの閑古ぶりだ。店を入ってすぐの壁に「占いセット」というポップが貼《は》ってあって、清涼は顎を撫《な》でた。

「ねぇ北野君、これやる人いんの？」

気になってカウンターに肘《ひじ》をかけて聞くと、北野は銀のスプーンを磨きながら満面の笑みを見せた。

「それが意外にいるんですよ。この店、もっと女性客を呼び込めばけっこういけると思うんですよね。かくいう俺もちょっとやってもらったんですけど、すごい当たりますよ！　あの黒薔薇さん、ただものじゃない。さすがオーナーが連れてきただけありますね」

北野の快活な喋りに、清涼はおののき、口元を引きつらせた。黒薔薇の占いが当たるなんて本当だろうか。あんな怪しいこととこの上ないのに。

「塚本いる?」

「あ、奥にいますよ」

塚本がいなければコーヒーでも飲んで帰ろうかと思ったが、いるというので奥の部屋に進んだ。靴を脱ぎ、ノックをしてから中に入ると、塚本がベッドに腰掛け熱心に携帯型ゲームをしている。

「お前、またゲームかよ」

勝手にどかどかと部屋に上がり、塚本の座っているベッドの隣に腰を下ろした。黒薔薇の姿は見えないが、出かけているのだろうか。ふらりと入った客が占いセットを申し込みたい場合、どうする気なのか。

「十日ぶりだな。三日とあけずにくる奴が」

画面から目を離さずに塚本が呟く。サングラス越しでは画面も見にくいと思うのだが、一向に気にした様子はない。

「ああ、ちょっとケツが痛くて寝込んでた」

嫌なことを思い出してしまって、清涼は顔を顰めた。十日前に自宅に訪れた刑事にレイプされたのを思い出して複雑な気分になる。秦野が帰った後、傷口が痛んでしょうがなかったのだ。おまけに背後に大柄な男がいるとどきりとしてしまうし、散々だ。

「痔《じ》か？　せっかく韓国《かんこく》の焼酎《しょうちゅう》仕入れてたのに。お前、飲みたがってただろ」

忙《せわ》しく指を動かしながら塚本が笑う。

「言ってくれよ、そういうのは。飲んだことないんだよな、どう？　味」

「まぁ、酒だよ」

意味の分からない感想を言われ、へぇと頷こうとした清涼は、いきなりベッドの下から白い手がぬーっと出てきて飛び上がった。

「ぎゃっ‼」

心臓が止まりそうになってベッドの上で爪先《つまさき》立ちになり、壁に張りつく。白く細い手がベッドの下から伸びていて、その指には一枚のカードが挟まれている。

「節制のカードが出ております。しばらく調和を心がけていくのがよいと思われます」

「だから何でベッドの下にいるんだよ‼」

幽霊と勘違いしそうになったが、この声は黒薔薇だ。壁に背中をつけた状態で大声で文句を言うと、ちらりと塚本が視線を向けてくる。

「狭いところが好きなんだって」

何でもないことのように塚本に言われ、つくづく脱帽した。塚本はしょっちゅう彼女を代えていて、いなかった時期はほとんどない。おそらくこのどんな相手も受け入れる許容力が決め手なのだろう。清涼だったらベッドの下に潜んでいるような恋人は願い下げだ。

「俺、絶対この女の身体だけは触らない」

黒薔薇の手が引っ込んだのを確認して、清涼はそろそろと腰を下ろした。黒薔薇の過去なんか見た日には悪夢でうなされそうだ。絶対へビーな過去が待っているに違いない。

「そういや運命の出会いはあったのか」

ピコピコと電子音を鳴らしながら塚本が尋ねてくる。

「あるわけないだろ。ぜんぜん当たらな…」

言いかけた途中で秦野の顔を思い出し、ついぶるっと全身を震わせて清涼は頬を引きつらせた。

「いやいや、あれは運命の出会いじゃなかった、あれがそうであるわけがない、勘弁してくれ、あんな出会いはありえない…」

ブツブツ清涼が呟いていると、ちょうどセーブが完了したのか塚本がゲームの電源を切った。

「いやマジで黒薔薇の占いは当たるって皆言ってるぞ。お前が否定してもそれはきっと運命の出会いだったんだ。俺もお前が独り身なのは心配だからな。そもそもお前、恋愛する気ねーだろ」

「な、何を突然…」

やけに真面目《まじめ》な顔で塚本に見つめられ、居心地悪くなって清涼は身を引いた。

「ないだろ。絶対に振り向かない相手しか声かけないじゃないか。まぁ、お前がパープーな子を引っかけようとするのは分かるよ。セックスの最中に重い過去なんか見たくないからな」

塚本にしたり顔で言われ、何も言い返せずに清涼はごろりとその場に横になった。

確かに塚本の言うとおりだ。触れると相手の記憶が読み取れてしまう自分は、つきあう相手が厳選されてしまう。重い過去というよりも、浮気をするとすぐ分かってしまうのが一番問題だ。どういうわけか抱き合う時に限って、相手は浮気した記憶を呼び覚ます。これで何度破局したか分からない。

「お前は人恋しいところがあるから、心配してるんだ。できたら一緒に暮らせるような相手を見つけろよ」

ぽんと肩を叩かれ、妙に気まずくなって清涼は腰を上げた。塚本の自分を案じる気持ちは嬉《うれ》しいが、だからといって簡単に相手が見つかるわけではない。

「帰る」

逃げるようにそう告げたが、塚本は引き止めはしなかった。振り返らずに部屋を出て行くと、ちょうど店内に女子高生が四人ほど入ってくる。

「あ、ここだよ。ほら占いセット、叔母さんが教えてくれたんだ、すごい当たるんだって」

きゃあきゃあ騒ぎながら女子高生が壁に貼られた紙を見て騒ぎあっている。これが口コミの威力か、と内心感心しながら清涼はドアを開けて出て行った。

自宅に戻ると、裏口の階段のところに大柄な男が立っているのが分かった。いぶかしく思って近づき、顔を上げた秦野と目が合う。意外な男が待ち構えていて、面食らった。もう二度とこないものと思っていたのに。

「……俺に何か用?」

秦野の姿をじろじろ眺めて問いかける。秦野は仕事帰りなのか黒っぽい背広を着ていた。その手にはケーキらしき箱と薔薇《ばら》の花束がある。清涼に用事があるとしても、その姿には無理がありすぎる。

「詫《わ》びにきた…」

秦野は顰め面でぼそりと呟いた。まさかそのケーキと花は詫びのつもりなのか。

「あんた、俺は女じゃないんだけど」

「他に思いつかなかったんだ」

いくぶん恥ずかしそうに目を逸《そ》らす秦野に、清涼はつい笑い出し顎をしゃくった。ケーキと花は予想外すぎて、拒絶する意識を和らげた。意図してやったのなら大したものだ。

「しょうがないな、上がれよ」

こんな無骨な男に花とケーキを持ったまま立たせるわけにはいかない。またきたら追い返してやろうと思っていたが、意表を突かれたこともあって清涼はすんなりと家に上げた。

三階の清涼の自宅に秦野を招き入れ、薔薇とケーキを受け取った。清涼も甘いものは得意というわけではないから、秦野にも責任を取らせるつもりだ。熱いコーヒーを淹れ男二人でケーキを食べながら、何だかなぁと笑いが込み上げた。

「次は酒持ってこいよ」

ソファに座りケーキを口に入れる秦野を見て、何気なく口にしてしまう。とたんに秦野の目が驚いて丸くなり、わずかに動きが止まった。

「…またきてもいいのか?」

秦野の目がぎこちなく清涼に向けられる。改めて尋ねられて、しまったと思った。意図せず出した言葉には意味がある。何気なく口に出した時点で、清涼は秦野を許している。

とはいえレイプされた件を忘れたわけではなかった。前回された行為もあって、清涼は今日秦野と並んで座っていない。L字型のソファの斜め向かいに座っている。微妙に距離を置いて秦野と接しているが、これからの関係について問われると心中は複雑だ。

「この前は本当に悪いことをしたと思っている…。先週はかなり自己嫌悪に陥った。子どもの頃のことはトラウマになってるだけに、他人から言われてあんなに頭に血が上るとは思わなかった…。せめて殴られにこようと思ってきたんだ」

頭を下げる秦野に驚き、清涼はフォークを皿に戻し、口の中の甘味をコーヒーで洗い流した。

室内は暖房が効いていて、秦野は背広を脱ぎ上はシャツとネクタイだけになっている。抵抗してもまるで抗えなかったはずだ。シャツの上からも厚い胸板が分かる。

「あんたを殴ったら俺の腕のほうが痛くなりそうだ」

コーヒーカップを置き、清涼は目を細めて秦野を見つめた。

「確かにちょっと俺も精神的にキたよ。お前にやられてから大きな男が背後にくるとびくっとするようになったし」

わざと清涼が嫌みったらしく言うと、秦野の顔が青ざめる。その顔を見るだけでかなり溜飲《りゅういん》は下がったが、もう少し試したくなった。

「ああいった嫌な記憶は上塗りするのが一番いいんだ」

腕を組んで秦野を見やり、口元に笑みを浮かべる。

「つまり、もう一度あんたとセックスする。ただし今度はめちゃくちゃ優しく抱いてもらう。俺の記憶を上塗りするくらい、あんたが俺を愛情込めて抱けばいい。俺はマグロ状態で何もしない。これが一番手っ取り早い方法」

びっくりした顔で秦野が固まる。

「お前にできるか？　言っておくけど、俺とやるってことは下手すると記憶全部覗かれるぜ」

無理だろうと思って言葉を投げかけた。秦野は幼少の頃の記憶を誰にも知られたくないと言っていた。そんな男がつつぬけになるような男と寝るはずがない。

案の定秦野は困った顔で頭をがりがりと掻いた。秦野は戸惑った顔で床に目を落とし、口ごもる。

「……正直に言っていいか」

当然断ると思って目で促すと、秦野が意外な一言を発した。

「あんたの顔は、すごく好みなんだ」

潜めた声で言われ、どきりとして目を見開く。

まさかそんな答えが返ってくると思ってなかったので、呆然《ぼうぜん》として黙り込む。突然秦野が立ち上がったので、ぎょっとして身を引いてしまった。

秦野は乱暴な足取りで清涼の隣に近づき、どかりと腰を落とした。いきなりパーソナルスペースに割り込まれ、しかも手を握られた。

「おい…」

きつく握られた手が汗ばんでいる。秦野の緊張が伝わってきて清涼は息を呑んだ。秦野からは何の記憶も流れてこなかった。呼び覚ましていない記憶は清涼には見ることはできない。秦野の頭の中が真っ白になっているのが分かり、清涼は動揺して目を合わせてしまった。

「してもいいなら、したい…。今度はあんたを気持ちよくさせる。記憶を覗かれるのは嫌だが……それ以上に、あんたとやり直したい」

熱っぽい目で見つめられ、こっちまで鼓動が速まった。記憶を見られるのが嫌なくせに、それを凌《りょう》駕《が》する勢いで抱きたいと告げられ、二の句が継げない。男相手だとしても望まれるのは悪い気はしないもんだと変なところで感心していた。

「……あ」

言い出したのは自分とはいえどうしようか悩んでいると、握られた手から秦野の記憶がすーっと流れ込んできた。自己嫌悪に陥っていたのは、清涼との行為を思い出し自慰に耽ってしまったのも理由らしい。

「お前、最低だな。俺をおかずにするなよ」

呆れて手を放そうとしたが、秦野は意地になったように手を解かない。見られているのが分かっているせいで多少顔は赤いが、繋いだ手はびくともしなかった。

「……見られても、いいのか？　お前の記憶」

脳裏に過《よぎ》る清涼との記憶は鮮明で、見ているこちらが恥ずかしくて仕方ない。秦野の意識を拡散させようとして問いかけた。

「あんたには一番嫌な部分を見られているから別にいい…」

低い声で秦野が呟く。自分の指に絡む無骨な指を眺め、清涼はため息を吐いた。

「もう…調子が狂うな」

秦野とこんなふうに手を繋いでいるのが現実とは思えない。この展開は清涼には意外性がありすぎて、かえって善《よ》し悪《あ》しが決められない。

「久しぶりのセックスが男、ってのがひっかかるけど、……まぁいいよ」

ここまできたら試してみるのも悪くない。清涼はわずかに引いていた身体を起こし、秦野の肩に顔を近づけた。互いの体温が分かるくらい重なり、秦野の目を見つめる。秦野の喉《のど》ぼとけが動いたのが分かり、すぐに唇が近づいた。

「ん…」

軽く唇が触れ合った後、清涼はそっと離れたが、秦野はすぐに清涼に身を寄せ深く唇を重ねてきた。避《よ》けずに清涼が唇を食《は》むと、熱っぽい息を吐いて秦野が唇を吸ってくる。

「ん、ん…っ」

秦野の手はキスを始めたとたん解かれ、清涼を抱きしめてきた。そこからはもうなし崩しにソファに押し倒され、激しく官能的なキスをされる。

「ふ…っ、は…ぁ…っ」

清涼の頬に手をかけ、秦野が覆い被さって口づける。やや性急に清涼の唇をこじ開け、長い舌を潜らせる。互いの舌が触れ合うと、腰に軽い電気が流れるみたいで清涼は眉を寄せた。

濡れた音を立てて、秦野が口内を探ってくる。甘く慈しむように上唇を吸われ、圧し掛かってくる秦野の重みが気になってきた。

「んっ、く…っ」

長いキスの後、耳朶《じだ》を軽く噛まれ、びくりと身体が震えた。ちらりと見た瞬間に秦野の下腹部が張り詰めているのが分かってしまった。秦野が興奮している。本気で自分としたいのだと分かり、自然と息が上がってしまう。

いやらしい音を立てて耳朶を舐《な》め回され、身がすくんだ。秦野の手は胸元を探り、シャツの上から乳首を引っかいてくる。

「ん、う…っ」

耳朶や首筋をきつく吸われ、鼓動が速くなっていく。おまけにシャツの上から乳首を弄られ、布の下でぷっくりとそこが尖《とが》ってしまった。乳首は最初むずがゆい感覚だったのに、秦野にしつこく弄られて甘い痺れを身体に与え始めた。こんなところを弄られたのは初めてな上に、性感帯だったというのが妙に恥ずかしい。

「は、ぁ…っ、刑事のくせに…やらしーな…」

少しずつ身体に熱が灯《とも》っていくのを感じ、悔しくなって呟いた。秦野は清涼を愛撫《あいぶ》しながら、目の前の清涼しか見ていない。セックスの最中に過去の記憶を呼び覚まされると萎《な》えてしまうものだが、秦野は自分に夢中で他のことは考えていない。

「嫌か…?」

シャツのボタンを外し、コリコリと乳首を直接指で嬲《なぶ》られる。

「ん…っ」

吐息と共にこぼれた声を秦野がふさぐ。秦野が何度も唇を重ねてきたおかげで、男とキスする違和感が徐々に薄れていき、秦野の唇の感触を気持ちいいと思うようになった。心が打ち解けていけば、愛撫も熱を増す。あちこちを服の上から撫でられた末に、秦野の手がズボン越しに下腹部を揉《も》んできた。すでに半勃《はんだ》ちだった清涼は、ひくりと胸を震わせた。

「脱がしても…いいか?」

興奮した息遣いで聞かれて頷くと、秦野の手が性急に清涼のズボンを脱がしてきた。ズボンを足首から抜かれ、下着も引き下ろされる。秦野の前に半勃ちのモノをさらすのは恥ずかしかったが、羞恥心を覚える暇《いとま》もなく、秦野が勃起《ぼっき》した性器を口に銜えたので絶句してしまった。

「ちょ、待…っ」

いきなり口でされるとは思っていなかった。そんなことをするのだったら、シャワーくらい浴びたい。焦って秦野の頭をどけようとするが、秦野は銜えたまま清涼を見つめ、舌を動かしてきた。

「ひ…っ、あ…っ」

ぞくぞくっと愉悦が背筋を駆け上り、秦野の口の中であっという間に完全に勃起してしまった。慣れているのか秦野は清涼の感じる場所ばかり舌で狙ってくる。

「う…、あ…っ、く…」

裏筋を舐められ、絡めた手で先端の穴を弄られた。秦野の口の中は気持ちよくて、ソファの上で背筋を反らしてしまう。乱れた息遣いが室内に響く。くちゅくちゅと秦野の口が動くたびに卑猥《ひわい》な音が響いた。

「も…いい、ってば」

上擦った声で口淫《こういん》をやめさせようとするが、秦野はまるで煽るみたいに激しく頭を上下させてくる。甘い痺れがどんどん腰に溜《た》まってきて、清涼は腰を蠢《うごめ》かせた。今までされたどの女よりも、秦野のほうが上手《うま》い。シャワーも浴びていないのは分かっているくせに、秦野は美味《うま》そうに性器を舐め回している。舌の先で先端の割れ目をぐりぐりとなぞり、張り詰めた性器を唾液《だえき》で濡らしてくる。今までされた誰よりも気持ちよくて、清涼は息を詰めた。

「ん…っ、ふ、あ…っ、や、ばい…って」

先走りの汁が出てくると、秦野は吸い取るように唇を動かす。息が乱れ、声も上ずってくる。深く銜えたまま舌をちろちろと動かされ、清涼はひくりと太ももを揺らした。

「おい、はた、の…っ」

口から抜いてほしくて秦野の髪を摑むが、より深く銜えられ裏筋を舌で刺激された。

「出る…って、ば…っ」

はぁはぁと喘《あえ》いで訴えると、銜えたまま秦野が目を合わせてきた。その視線に絡めとられ、清涼は息を詰めた。秦野はまるで出せと言わんばかりに激しく手を動かし、先端の穴を吸ってくる。その刺激にどうしても耐え切れず、清涼はぎりぎりまで我慢したあげく、秦野の口内に勢いよく射精してしまった。

「――はぁ…っ、はぁ…っ、はぁ…っ」

我慢していた分、余計にイった後の呼吸が激しくなり、ソファの上に横たわりぐったりして胸を上下させた。秦野は最後の一滴までたんねんに舐め取り、清涼の性器をきれいにしている。

「……気持ち、よかったか？」

やっと秦野が口を離し、濡れた唇を拭って聞いてくる。無言で清涼は秦野を睨み、だるい身体を起こした。

「あんたもすごいガチガチだな」

一人でイかされたのが悔しくもあって、秦野の股間を軽く撫でてやった。そこはすっかり張り詰め

入った。

「俺はいい…今日はあんたを気持ちよく、させるから…」

清涼に股間を撫でられ、秦野の顔がわずかに歪む。何かを堪えるようなその表情は、けっこう気に入った。

「じゃあ続きはシャワー浴びてから、な。先に入れよ。一人で抜いてこい」

浴室のある場所を指で示して、清涼が意地悪く笑うと、秦野が目を逸らし素直に浴室に消えた。

何だか変なことになってきた。黒薔薇の話を信じるわけではないが、あれだけ毛嫌いしていた相手と抱き合おうとしているのが不思議でならない。

何よりも意外だったのは秦野が自分の前で丸裸になれることだ。最初に会った時の印象では、プライドの高い性格だと思っていたが、実はそうでもないらしい。秦野に興味が湧いたのは確かだ。

（レイプされた相手とヤろうなんて、俺もたいがい物好きだな）

しかも相手は重い過去を持っていそうな相手なのに。

自分自身どうしてか分からないが、秦野と関係を持つのが嫌じゃなかった。気まぐれなのか。だが気が向く、ということは何かしら自分の中に理由があったということだ。

自己分析をし始めて、慌てて思考を切り替える。今は考えないほうがいい。

乱れた服装で立ち上がり、清涼は髪を掻き乱した。

秦野と入れ違いにシャワーを浴び、白いガウンを着込んで浴室を出た。寝室で待っているかと思った秦野は、キッチンのところで腰にバスタオルを巻いた状態で待っていた。清涼が姿を現すと、カウンターの上に置いたオリーブオイルのビンを取る。

「これ、使ってもいいか？」

使用目的に察しがついて、清涼は顔を引きつらせた。

「お前、入れる気満々じゃねーか。マジでしばらく座るのもつらかったんだぞ」

「今度は痛くしない。いいって言うまで入れないから」

ぎこちなく目を逸らして秦野が呟く。ビンを手に持ったまま秦野は清涼に続いて寝室へ入ってきた。後ろを探られるのかと思うと気が滅入《めい》ったが、記憶の上塗りという意味ではしてもらったほうがいい。

「……お前、抜いてこいって言っただろうが」

秦野に抱き寄せられ、シーツに身を横たえた清涼は呆れて顔を顰めた。バスタオルを押し上げているモノが目に入ってしまった。秦野は覆い被さってきて清涼の唇を啄《ついば》むと、困ったように目を逸らし、肌を密着させてきた。男と素肌を重ね合わせるのに、違和感を覚える。セックスというよりプロレスみたいだ。秦野が勃起してなければ、やっぱりやめると言い出したかもしれない。

「これでも抜いてきたんだ…」

秦野の呟きに二重に呆れ、清涼は少しだけ赤くなって顔を背けた。秦野がゲイなのは知っているが、こうして間近で男の身体に欲情するさまを見せつけられるのは初めてだった。自分の身体に欲情する男がいるというのが不思議でならない。

「う…っ」

考え込む暇もなく秦野が清涼の着ていたガウンを広げ、乳首に吸いついてきた。直接舌で乳首を弾《はじ》かれ、今まで知らなかった快楽の場所を暴かれていく。秦野に軽く歯で噛むようにされ、ひくりと腰が蠢いた。

「はぁ…っ、は…っ」

秦野は乳首を舌で刺激しながら、再び性器を手で扱いてくる。一度出したとはいえ、秦野の手に煽られ、息が乱れてきた。

カーテンは閉めていなかったが、窓の外はもうすっかり暗くなっている。外の喧騒《けんそう》が静まるほどに室内に響く濡れた音が清涼の耳から入り脳を刺激した。秦野は清涼の指示通り、まるで熱烈な相手にするような愛撫をしかけてくる。身体中のあちこちを舐められ、再び身体に火がつく。

「指…入れてもいいか…?」

清涼の息が熱っぽくなった頃を見計らい、秦野がビンを手にとって問いかけてきた。シーツに頭を擦《こす》りつけ頷くと、秦野がオイルを手にとって清涼の尻のはざまになすりつけてきた。蕾の部分をぬるぬるとした手で擦られ、自然に身体がびくついてしまう。一度痛みを覚えた身体は、秦野の指がぬるりと潜り込んでくると、必要以上に怯える。

「ここ…気持ちよく、ないか…?」

襞《ひだ》を押し広げ、秦野の指が奥深くまで探ってくる。清涼の表情を見つめながら秦野が指をくっと曲げ、性器の裏側を押してきた。

「ん…っ、ん…」

秦野が擦ってきた場所は、最初むずがゆいような得体の知れない感覚だった。それが徐々に熱を伴い、指で擦られるほどに痺れる感覚に変わっていく。

「あ…っ、は…ぁ…っ、ちょ…っ、待って、そこ…」

未知の感覚に襲われ、清涼は息を乱しつつ身じろいだ。しつこいほどに秦野に中を弄られ、勝手に身体が跳ねてしまう。

「や…っ、やっぱやめ、る…っ、あ…っ」

前を擦られるよりも、もっと重く身体に浸透するような快楽を感じ、清涼は焦って身を起こそうとした。内部を弄られる衝撃は想像以上に大きくて、自然と逃げ腰になった。余裕がなくなってくる。

その太ももを秦野が捕らえ、強引に指を抜き差ししてきた。

「やだって言って…ん、のに…っ」

このままだと自分が信じられない嬌声《きょうせい》を上げてしまいそうで、シーツの上で悶《もだ》えた。けれど秦野は、清涼が声を殺せなくなる場所を指で刺激し続け、吸いつくように清涼の勃起した性器を口に含んだ。

「ひ…っ、あ…っ」

中の指でぐちゃぐちゃと内部を弄られ、反り返った性器を舐め回される。これほどの快楽は初めてで、清涼は声を我慢できなくなり、甲高い声を放った。

「や…っ、あ、あ…っ、指…動かさないで…っ」

いつのまにか尻に埋め込まれた指が二本に増え、入り口を広げながら内部を押し上げてくる。秦野に口を上下にずぼずぼと動かされ、気づいたらあっという間に射精していた。

「ひ…っ、は…っ、はぁ…っ、はぁ…っ」

こんなに早く達してしまったのは初めてで、自分でも呆然とした。しかもまだだらだらと精液を垂らし続けている。重く全身に広がる熱い痺れが、中を擦られるたびに深く溜まっていく。前を擦るのとは違い、射精してもまるですっきりしない。秦野は口を放してくれたが、奥には指が入ったままで、なおも清涼の快楽を引きずり出そうとしている。

「なん…だよ、これ…、も…っ」

はぁはぁと息を乱し、清涼は上擦った声を上げた。気づけば秦野も興奮した息をしていた。入れた指を馴染《なじ》ませるように中で動かし、オイルを足して清涼の尻をぬるぬるにしてくる。

「指…増やすぞ…」

熱い息を吐いて、秦野が指を三本にしてくる。さすがに三本はきつくて、顔を顰めて身をくねらせた。すると秦野は清涼をうつぶせにさせ、背後から抱き込むようにして尻の穴に指を入れてきた。

「痛いか…？」

軽く腰を上げられ、清涼はぼうっとした頭で「苦しい」と答えた。行為の最中に秦野のバスタオルは解かれ、猛った性器が時おり足に触れる。清涼は何もしていないのに、秦野の性器の先端は濡れていた。同じ男として可哀想にと思わないでもなかったが、だからといって入れていいとは言えなかった。あんな太くて長いモノを入れられたら、やっぱりまた裂けてしまいそうだ。

「はぁ…っ、はぁ…っ」

最初は苦しかった三本の指も、時間が経つと馴染んできてそれほど苦しくなくなってきた。それが秦野にも伝わったのか、入れた指をゆっくりと動かされる。

「ん…っ、は…ぁ…っ、あう…っ」

根元まで太い指を埋め込まれ、ひくひくと腰が震える。秦野は興奮した息遣いで清涼の首筋や胸元を撫で回してきた。身体中舐めたり揉まれたりして、全身が甘く蕩《とろ》けていく。

「弛んできた…、なぁ…」

乳首を指先で擦りながら秦野が肩を甘嚙みする。

「入れたい…、入れてもいいか…?」

切羽詰まった声で囁かれ、清涼は甘く呻き声を上げた。

「や…まだ無理…、んう…っ」

きゅっ、と乳首を摘まれ、声が裏返ってしまう。尖ってぴんと立った乳首を、秦野は指先で弾いたり押しつぶしたりする。尻の穴に何本も指を入れられて苦しい状態なのに、何故か性器からはだらだらと蜜《みつ》があふれてきた。感じているのかそうでないのか自分でも分からない。ただ無性に身体が熱くて、息が乱れる。

「頼むから入れさせて…」

秦野が密着し、反り返った性器を押しつけてくる。かすれたその声に清涼はどきりとし、わけもなく赤くなった。セックスは不思議だ。あんなに乱暴で威張っているだけだと思っていた秦野の意外な一面を見ることになる。

「ゆっくり…やれよ…?」

ほだされた形で小声で呟くと、秦野が身を起こして指を抜いてきた。秦野はそのまま清涼を仰向けにしようとしたので、清涼は抗ってシーツの上で四つん這いになった。

「後ろからにしろ…」

いつもと違う感覚の中、秦野と目を合わせながら繋がるのに抵抗があった。秦野は少し不満げだったが、上半身を起こし、ぬるぬるに勃起した性器を尻のはざまに押しつけてきた。

「力抜いてくれ…」

秦野に囁かれたが、先端がつぷりと入ってきた時点で身体が痛かった記憶を呼び覚まし、勝手に力が入ってしまった。それをなだめるように秦野は尻を撫で回し、指でそこを押し広げ、亀頭《きとう》の部分を押し込んでくる。

「ん…っ、う…っ」

大きなモノを後ろから入れられ、苦しくなって声がこぼれ出た。秦野はゆっくりとした動きで剛直を押し進めてくる。馴《な》らしたせいか、確かにあの時とはまったく違った。痛みよりも圧迫感、それに燃えるように熱く太いモノが中を通っていくのが分かる。

「あ、あ…っ、ひ…っ」

身体を支えていた腕が崩れ、尻だけを高く掲げる格好になってしまう。秦野は慎重な動きでずぶずぶと性器を埋め込み、大きく息を吐いて動きを止めた。

「悪い…、苦しいよな…、少し我慢してくれ」

上擦った声で呟き、秦野がぐっと腰を突き上げてきた。その衝動に声にならない声を上げ、清涼はひくんと大きく腰を震わせた。太くて硬いモノを半分くらい埋め込まれ、呼吸が乱れる。

「……すげぇ気持ちいい…」

清涼の腰を撫で回し、秦野が恍惚《こうこつ》とした声で告げる。その台詞《せりふ》が耳に入ったとたん、身体の奥がずくんと疼《うず》いた。相手が自分の身体で気持ちよくなっていることと、女にされてしまったような倒錯感、複雑な感情がせめぎ合い、頭の芯《しん》が痺れたようになる。

「は…っ、は…っ」

秦野は入れたまましばらくじっとして、清涼の腰のモノや乳首を弄ってきた。入れられて苦しいはずなのに、性器が萎えていないのが一番怖い。この行為が苦しいだけのものではないと知り、清涼は戸惑いを覚えた。

秦野の指が背中を撫でる。肩胛骨《けんこうこつ》の辺りをゆっくりと撫でられて、怖さと快楽が入り混じった。

「あう…う…っ、ふ…っ、はぁ…っ」

内部に入れたモノの大きさは、馴染んでいくほどに気にならなくなっていた。それよりも秦野の性器の熱さに、中からじわじわと変になりそうな感覚が湧き起こってくる。特に秦野が乳首を弄ると、銜え込んだ秦野のモノをきゅっと締めつけてしまうのが恥ずかしくてならない。

「……動いてもいいか？」

秦野の手の動きが忙しくなった頃、我慢できなくなったように問われた。小さく頷くと、興奮を押し殺したような息を吐き、秦野が腰をずるりと引いてきた。

「う…っ」

突き上げられる感覚は、とても声を殺せないものだった。衝撃、とでも言えばいいのか、内臓を掻き乱される異質な感覚だ。しかもそれは熱を持っている分、清涼の常識を覆して未知の世界に引きずり込む。

「あ…っ、は…っ」

軽く腰を揺さぶられ、甘ったるい声が口から飛び出した。熱く猛ったモノが内部の気持ちいい場所を擦ってくると、自然と甲高い声が漏れる。自分の声とは思えない。頭が変になりそうだ。

「あ…っ、あ…っ、ん…っ」

秦野の動きに合わせて、喘ぎ声が次から次へとあふれる。清涼の声に秦野が興奮しているのはすぐに分かった。秦野は覆い被さってきて、うなじや首筋をめちゃくちゃに吸って腰を小刻みに動かしてくる。女みたいな甘い声を聞かせたくないと思っても、秦野の性器で突かれると、どうしても嬌声があふれた。頭はぼうっとしてきて、奥の熱さに目眩《めまい》がする。

「あう…ぅ…っ、はぁ…っ、あ…っ、ひ…っ」

徐々に腰を突き上げるようにされ、変な声が抑えきれなくなった。はっきりと自分が奥を突かれて感じていると分かると、よけいにぞくぞくと背筋に震えが走る。男に犯されて屈辱的な気持ちもあるのに、それが却って快楽を深めている。

「気持ち…いいのか…？　清涼…」

ぐっ、ぐっ、と腰を突かれ、そのたびに全身が熱を帯びる。名前で呼ぶのを許した覚えはないと思いつつ、名前を呼ばれ、かぁっと繋がった部分が熱くなる。

「や…っ、あ…っ、ひ…っ、ンン…ッ」

清涼が太ももを震わせると、堪えきれなくなったように秦野が激しく奥を突いてきた。

「あう…っ、あ…っ、あ…っ、あ…っ」

大柄な身体に背後から抱き込まれ、激しく中を揺さぶられた。男として嫌なはずの行為に何故か安堵していた。秦野の厚い胸板を感じ、激しい息遣いと自分の乱れた呼吸が重なって、頭の中が混乱してくる。ベッドのきしむ音を聞いても、自分が犯されているという現実感が湧かなかった。それなのに反り返った性器からはシーツを汚すほどに蜜が垂れ、口から漏れる喘ぎが大きくなっていく。

「あ、あぁ…っ、ひ…っ、ン…ッ」

もう我慢できなくなって、揺さぶられながら前に手を伸ばし性器を扱いた。信じられないほど気持ちがよかった。中を突かれながら前を擦ると、あっという間に絶頂に達する。

「あああ…っ、あ…っ!!」

イく寸前に銜え込んだ秦野の性器をぎゅーっと締めつけてしまう。焦った秦野の呻き声が聞こえ、次には内部に熱い液体が注ぎ込まれるのが分かった。ほぼ同時に清涼も手の中に精液を吐き出し、激しく身を震わせながら絶頂に達する。手の中のモノと、内部のモノがどくどくと息づいている。

「はぁ…っ、はぁ…っ、はぁ…っ」

重なった秦野の獣みたいな息遣いと、自分の忙しない息遣いが乱れ散る。

ぐったりしてずるずるとシーツに倒れ込むと、秦野がやっと性器を引き抜き、身を離す。抜いた拍子に受け入れていた部分から秦野の精液が太ももへとあふれてきた。その感触にまた呻き、清涼は疲れた身体を横たえた。


夢うつつに呻き声を聞き、目が覚めた。同じベッドに誰か寝ているのに気づき一瞬混乱したが、秦野とセックスしたのを思い出して肩から力が抜けた。

行為が終わった後、かなり遅い時間だったので泊まっていくのを許したのだ。一度肌を合わせたせいか、秦野に対するガードがゆるくなっていた。相手との距離を縮めるためにスキンシップは有効な手段だ。特に触れると相手の記憶を読み取れてしまう清涼にとって、相手が心得た上で触れてくるのは新鮮な驚きだった。いつもつき合う相手はこの能力を知って気持ち悪がって離れていくのに。

上半身を起こしてベッドの傍の明かりを点《つ》けると、秦野が眉間《みけん》にしわを寄せてうなされている姿が目に飛び込んできた。嫌な夢でも見ているのだろう。脂汗が滲んでいる。

「おい、大丈夫か」

肩を揺すって秦野に問いかけると、ハッとしたようにまぶたが開く。

「う…」

ぼんやりとした顔で秦野が清涼を見つめ、ごろりと仰向けになった。

それから何かに気づいた様子で瞬きをし、清涼に目を向けてきた。

「そうか……お前、知ってるんだよな…」

秦野が低く呟く。独り言のような呟きの後、震える息を吐き、秦野は目を伏せた。

「親父の嫌な夢見てた…。セックスした後は……よく見るんだ…」

目を閉じて秦野が額の汗を拭う。清涼が黙って見つめていると、秦野はしばらくそのままでいた。

何となくだが、秦野はあまり長く誰かとつき合ったことがないように思えた。こういうタイプは自分の内面を見せるのに抵抗がある。

「今…目覚めて…そういやお前にばれてんだって思ったら…何か安心した」

秦野の低い囁きに、清涼は驚いて目を丸くした。

「誰にも言えなかった秘密なのに…あれほど知られるのが嫌だったのに…、不思議だな。今すごくお前が知っていることにホッとした。隠さなくてもいいんだって……」

「どんな夢だったんだ？」

再び毛布の中に身体を潜り込ませ、清涼は尋ねた。それなりの大きさはあるベッドだが、秦野みたいな大柄な男と一緒に並ぶとさすがに狭い。自然と寄り添う形になったせいで、相手の鼓動まで聞こえそうだ。

「親父に押さえつけられて…抵抗できなくて…。変だよな、今の俺は誰にだって負けない自信があるのに、夢の中では相手に押さえつけられてぜんぜん抵抗できない…。身体が異常に重くて…相手が怖くてたまらないんだ…」

ぼそぼそと話し始める秦野に、清涼は見た目と違い繊細なところがあると納得した。

「つらい記憶は自分の中に押し込んでいると、よくないぜ。心開ける相手にでも話したほうがいい。喋ると自浄作用が働く。悩みを打ち明けるとすっきりするって言うだろ、まぁ話す相手は選ばないとだけどな」

手元の明かりを消して清涼は軽く笑った。

「あんた責任感が強そうだから溜め込んでると鬱《うつ》になりやすいタイプだぜ。弱み見せるの嫌いみたいだし、理想が高そうで…」

話している途中で秦野の手が伸びてきて、頬に触れた。振り向くと秦野が暗い室内でも分かるくらい熱っぽい眼差《まなざ》しをしている。同時に秦野の手から鮮明な記憶が流れてくる。

「お前…」

秦野が自分との行為を反芻《はんすう》しているのが分かって、清涼は頬に触れる手をどけようとした。だがそれより早く秦野が身を起こして、清涼を見つめてくる。

「キスしてもいいか…?」

答えを聞く前に秦野が覆い被さってきて、唇を寄せてきた。唇を深く吸われ、清涼は鼻を鳴らして身をよじった。

「この馬鹿…、何思い出してんだ…恥ずかしいからやめろ」

自分が乱れるさまをリピートされ、清涼は赤くなって秦野の胸を押し返した。先ほどまで落ち込んでいたくせに、すっかり意識が清涼に逸れている。

「だって…あんな憎まれ口叩いた奴が、俺の腕の中で可愛い声出すんだ…。そりゃ興奮するだろ、多分しばらく…何かにつけ思い出す…」

秦野の台詞に腹が立ってむかつく言葉を言い返してやろうと思ったが、まるでそれを封じ込めるように唇を覆われる。熱心に唇を食まれ、言い返すのも面倒になってきた。秦野とのキスは嫌ではない。濡れた音が室内に響き、何度も舌で唇の合わせ目を辿られた。熱い吐息をこぼして、秦野がガウンの裾《すそ》を割ってくる。これ以上キスを許すとまた抱き合う羽目になりそうで、清涼は足で覆い被さってくる秦野を蹴《け》り上げた。

「いって…」

「やらねぇよ、もう。痛くしないとか言ってたけど、やっぱ終わった後は痛いじゃねーか」

秦野の胸を強く押し返して断固として言う。秦野も無理には迫ってこなかった。がっかりした顔で再びシーツに身体を横たえ、ほうっと息を吐く。

「……痛いのか？　切れてなかったから大丈夫だと思うんだが…」

「お前のはでかすぎるんだよ」

痛いというほどではなかったが、やはり許容外のモノを受け入れて腰がだるかった。ところが何を勘違いしたのか秦野は照れた顔で天井を見ている。

「おい、褒めてねぇぞ。喜ぶな、馬鹿」

小さく笑って秦野がすまんと呟いた。早く寝ろと告げて顔を背ける。

「……お前、背中…怪我《けが》したのか？」

ふいに秦野に思い出したように問われ、どきりとして身をすくませた。ふいうちだったのもあって、すぐに返答できなかった。

「背中…肩胛骨の辺りに引きつれた箇所があった…。手術した痕《あと》だろう？　何か怪我でもしたのか？」

さすが刑事というべきか、気づかなくていい細部に目がいく。セックスに夢中になっていると思っていたのに、嫌な記憶を引きずり出され、清涼は苦笑した。

「ああ、昔事故でな……。大して目立たないだろ、女じゃあるまいし背中の傷くらいでガタガタ言うな」

喋りすぎは禁物だと分かっているのに、触られたくない記憶だったので不必要に嫌な言い方をしてしまった。なおも聞かれたらどうしようかと焦ったが、秦野はそれ以上質問してこなかった。

もう一度目を閉じて静かにしていると、今度は穏やかな寝息が聞こえてくる。それに何故かホッとして、清涼は秦野に背中を向けた。


その日を境に、秦野は時々ふらりと予告もなく清涼の家に現れるようになった。

律儀にみやげの酒を持ってくるので追い返すわけにもいかず、秦野との変なつき合いが始まった。話してみると秦野はそれほど悪い奴ではなく、同年代ということもあって感性も近かった。それはいいのだが毎回泊まってもいいかと聞かれ、どう返答していいのか返事に困る。いい、と言うと秦野はセックスもOKだと受け止めるらしく、露骨に誘ってくる。気持ちいいのは嫌いではないし、つき合っている相手がいるわけでもないから気が向けば誘いに応じるが、実際のところ秦野の歯ブラシや髭《ひげ》剃《そ》りが洗面所に勝手に置かれているのを見ると心中は複雑だ。

恋人になったつもりはない。

そもそも男の恋人なんて望んでいないし、相手が秦野というのも納得いかない。顔は確かにいいが、セックスの上で女扱いされるのは納得いかない。とはいえ秦野の情熱的な愛し方は見習うところが多い。まるで熱烈に愛している相手にするかのように愛撫してくるから、つい快楽に負けて流されてしまうのだ。一番問題なのはそこかもしれない。秦野とのセックスが嫌じゃないのだ。自分の中に男に抱かれて悦《よろこ》ぶ性癖があったとは知らなかった。

「お前最近、誰かとつき合い始めたんだろう」

塚本の経営するメイド喫茶に連れて行かれ、アニメ声を発するウエイトレスを興味本位で見つめていると、カウンターに並んでいた塚本がぼそりと呟いた。

「えっ、いや、ないない。そんなんじゃない」

内心ひやりとしながら塚本に顔を向ける。塚本の持っている秋葉原《あきはばら》にあるビルの三階のメイド喫茶は、なかなか繁盛しているようで、今も店の外には客の列ができている。たまに清涼も塚本に連れられ赴くが、どうしてもこの世界に馴染めなくてテンションは上がらない。

「ご主人様、最近ちっとも顔を見せてくれなくて、プリン激怒ですのよ。ぷんぷん」

塚本に向かってプリンと呼ばれているウエイトレスが、怒っているとネすかのように両手を頭に乗せる。この店のウエイトレスは皆こんなふうにアニメキャラにでもなりきっているかのような振る舞いをするので、清涼としては心が寒くなる。分析癖のある清涼は、こういった非現実的な自分を見せようとする人間を見ると、つい抑圧された人格が…と考え込んでしまうのが難だ。

「プリンは皆のアイドルだからな、今度新しいメイド服の試作品持ってくるから、最初に着てもらうよ。楽しみにしてろ。ここだけの話、お前に一番似あう服にしてやるから」

「うみゅー」

塚本に声をかけられ、プリンが嬉しそうに首を傾ける。

「ご主人様はひどい人ですの。プリンの心を自由自在なのですわ。プリン、すっごい期待して待ってますわ」

くねくね身をよじってにっこりと笑顔を作ると、プリンがカウンターの前から離れて別の客のところへ向かった。相変わらず疲れる空気を作る女だと思うが、塚本は気にした様子もなくふだんどおりで紅茶を飲んでいる。メイド喫茶は精神的にダメージは大きいが、ここの紅茶は塚本が経営している店の中でダントツに美味い。

「お前、メイド喫茶苦手だよな。キャバクラの女とやってること変わりないだろ。プリンとシャオリンの違いが俺には分からん」

「いやいやいや、ぜんぜん違うでしょ。シャオリンはただの明るくてオツムの弱い子、プリンちゃんは異世界からの侵略者だろ」

「そのオツムの弱い子に金ふんだくられたんだろ」

ぐさりとくる言葉を投げかけられ、清涼は渋い顔で黙って紅茶を飲んだ。今日は日曜で、久しぶりに『迷い道』に顔を出してみると、こちらが仰天するくらい繁盛していた。北野一人では回らなくなったみたいでバイトの子は増えているし、ビルの階段に待っている客はいるし、たかだか二週間くらい顔を出さなかっただけですごい変貌《へんぼう》だ。

「ついでに視察しに行くからつき合え」

奥の部屋にいた塚本にそう言われ、一緒に店を出た。黒薔薇がテーブルでタロットをめくっているのが見えたから、繁盛の理由はあれなのだろう。世の中何がヒットするか分からない。

軽くショックを受けていた清涼を、塚本はよりによってメイド喫茶へ連れて行った。塚本の経営する店の中で唯一清涼が苦手とする店だ。

「それで?」

カウンターに並んで腰を下ろしながら、塚本に問われ、何が?　と目で見返した。ふだんはどこへ行っても浮く塚本のミリタリー服だが、この店では完全に馴染んでいる。

「どんなのとつき合ってんだ?」

先ほどの話を蒸し返され、清涼は軽くひらひらと手を振った。

「だからそんなんじゃないって」

「中学生か？」

「そ、そんなわけあるか！」

思いがけないかまをかけられ、焦って首を振った。塚本はなおもしつこく質問してくる。

「言いたくないってことはオカマか？　不倫？　それとも男とか？」

図星をつかれて、つい目線を下に落としてしまう。店内ではメイドと客がまどろっこしいじゃんけんをして楽しんでいる。

「へぇ。興味あるな、今度連れてこいよ。一緒に飲もうぜ。お前がどんなの連れてきても、別に驚かないから」

「まぁそりゃお前はな…」

隠すのも無駄な気がして頬杖《ほおづえ》をついてため息を吐いた。だがつき合っている相手と思われるのは抵抗がある。秦野と交流が続いているのは確かだが、互いに好き、とか愛している、つき合いたい、という類の言葉は一切発していないのだ。秦野が自分を好いているのは空気で分かるが、言われたくないのでそういう雰囲気になると逃げていた。言葉で現在の状況を確認し合うのが恐ろしい。

「そういや、この前花吹雪先輩に会ったぞ」

ふと思い出したように告げられ、清涼は驚いて身を乗り出した。

「何だよ、俺も会いたかった。先輩、元気だったか？」

花吹雪先輩というのはもちろん仲間内での通り名で、本名は櫻木《さくらぎ》拓海《たくみ》という清涼たちより一つ年上の男だ。エキセントリックな人で、常に学校でも教師や生徒を驚かせることばかりしていた。中学校が同じで知り合いだったのだが、偶然にも塚本とも交流があり、大人になって再会することになった。花吹雪には催眠関係について多く学ばせてもらった。それまでテレビや噂《うわさ》では聞いたことはあっても、間近で催眠術をかけているのは初めて見た。よくテレビの中でゲストが一瞬のうちに催眠をかけられているが、あれは事前に催眠状態になるよう誘導されているらしい。相手の心を開かせたら催眠はかかりやすい。花吹雪先輩はにんまり笑って教えてくれた。

「今度はドイツに行くって言ってた。清涼どうしてるって聞いてたよ。——あいかわらず俺の魔法は解けてないのかって」

低く潜めた声で塚本に言われ、何故だか分からないが胸が騒いだ。

胃がねじれるような、ひどく嫌な気分が襲ってくる。開けてはいけないパンドラの箱が自分の中にあって、それをその昔花吹雪先輩に閉じ込めてもらった。中学生にしてあの人はすでに天才だった。清涼にかけた魔法はまだ解かれていない。

「今度帰ってきた時は、俺も呼んでくれよ」

塚本の声が頭の中を素通りしていく。当たり障りのない返答をして清涼は空になったティーカップを口に運んだ。

　水科麻奈は三回目の訪問を終えて、ほぼ完璧《かんぺき》に事件に遭ったのを忘れた。すっかり憂いがとれた娘を見て、母親は満足していた。事件のことを思い出して憂鬱《ゆううつ》な気持ちになるのを、そういった事件に関する嫌悪感にすりかえるのはたやすい。婦女暴行といった事件を嫌うのはごく当たり前な感情だ。この先、麻奈が自分に疑問を抱くことはない。

　一色に関しては、なかなか二度目の訪問を果たさなかった。催眠が解けたかと疑念を抱いたが、秦野から一色がサラ金にまで手を出している事実を知り、単に暴走しているのだと分かった。一色は買い物依存に拍車がかかり、親のクレジットカードで勝手に金を使い込んだあげく、とうとうサラ金に手を出したようだ。一色には常に飢餓感がつきまとっている。以前は女性や子どもといった弱い立場の人間に向けられたストレスのはけ口が、今は買い物をするほうに向いている。依存しやすいタイプだったから、あそこから抜け出るのは相当困難だろう。

　あれから調べたのだが、一色の両親は銀行員で金に困っている様子はない。一色自身が金を持ってなかったのは、職にも就かず家に引きこもっていたせいだ。一色のストレスは両親からの叱責《しっせき》で、いつまでニートでいるつもりなんだと母に責められ、それが彼の中に爆弾を植えつけている。闇金に手を出すのもそう遠くないだろう。いいざまだ。

一色がおかしくなっていくことに関しては、秦野とは意見が食い違い、未だに険悪なムードになる。秦野はあくまで法で裁かせたい考えの持ち主で、清涼がしたことを神の領域だと非難する。たとえ悪い人間でも、法というルールで裁かなければ秩序が乱れるという。

「そんなにたいそうに構えるなよ」

その日も仕事帰りの真夜中に清涼の自宅にやってきた秦野と言い合いになった。しょっちゅう言い合っているわりに秦野はあまり間を置かずに清涼に会いにくる。物好きなことだ。

「俺は悪いことした奴がおかしくなってくのを見て、楽しんでるだけ。善人をいたぶったって、良心が咎《とが》めるだろ。その点悪人はまったく心が痛まないで笑っていられる」

「性格が悪い」

「ああ、悪いよ。俺、筋金入りのやな奴。それでいい？」

言い合いになるとつい相手を小馬鹿にした口調になってしまい、秦野の顔を歪ませてしまう。間違ってても自分は優しい人間ではない。だからこそ秦野のように四角四面の性格の持ち主と、何故続いているのか不思議だった。多分清涼がくるなと言ってもくるせいだろう。その証拠に未だに清涼は秦野の自宅に赴いたことがない。それどころか自宅の住所も、電話番号も聞いた例《ためし》がない。

この関係は秦野が続けたい限り続いていく。とはいえ清涼は内心秦野が他の男と寝たら、交流を断つつもりでいた。二股《ふたまた》かけられるのはプライドが許さない。そう思っててぐすね引いて待っているのに、まだそれほど月日が流れていないせいか、秦野が他の人間に目移りしている様子はない。ゲイは浮気が多いという。セックスに関する定義が女性よりゆるいのかもしれない。生殖の本能として男性には多くの種をばらまきたいという気持ちがあるのだろう。それにセックスはスポーツに近いと捉えている男も多い。

「香水の匂《にお》いがきつい。どこへ行っていたんだ？」

秦野にパスタ料理を振る舞った後、汚れた皿をシンクに運んでいる途中で秦野にムッとした顔で聞かれた。今日はきた時から機嫌の悪い顔つきをしていた。もしかしたらまといついている残り香が気になっていたのか。

「塚本とキャバクラ行ってたからな。前話したろ、ここのビルの持ち主。家賃ただの代わりに、あいつの経営している店を定期的に巡回してるんだよ」

「何でだ？」

汚れた食器を食器洗い機に入れていく。不満げな顔をする秦野に、まさか妬《や》いているのか、ともう少しで聞きそうになった。浮気したら二度とくるなと言ってやるつもりなのに、秦野は反対に清涼に対して独占欲を深めていく。そのうちお前とつき合っている覚えはないと言ってみようか。秦野のへこむ顔を見たくなったらそうしよう。

「従業員にやばそうな目に遭ってる奴がいないかチェックしてるわけ。水商売している女は、ヤバイ事件に巻き込まれやすい。俺が記憶を探れるから、頼まれてるんだよ。この前はびっくりしたな、メイド喫茶でメイドやってる子が、客にコカイン売ってたりしてさ、今時は見かけじゃ分かんないもんだな」

事情を話して納得したのか、秦野の険しかった表情が戻った。分かりやすい奴だなと頭の隅で思っていると、秦野の手が首筋を撫でてくる。

「その匂い、とれよ。気に障る」

シンクに並んだ状態で秦野に言われ、何か言い返してやろうかと清涼は顔を向けた。秦野は仕事柄か、めったに自分から目を逸らさない。怖いほどにじっと強く見つめられ、清涼のほうが根負けして肩をすくめた。

「分かった、分かった。シャワー浴びてくるよ」

タオルで濡れた手を拭き、キッチンから離れた。

深夜を過ぎて、もう終電はない。秦野は泊まっていくつもりだ。今夜はしつこく求められそうだなと心配しつつ浴室に向かった。すでに湯は張ってあって、いつでも入れるようにしていた。

裸になって頭からシャワーを浴びていると、すりガラスの向こうに人影が見えてどきりとする。嫌

な予感はしていたが、秦野は清涼の意向も聞かず、脱衣所で服を脱ぎ断りもなく浴室に入ってきた。

「おい…」

濡れた髪をかき上げて抗議の声を出すと、秦野がボディタオルに液体ソープを垂らして清涼の背中を泡立ててくる。

「洗ってやる」

有無を言わさぬ声で背中を擦られ、呆れて濡れた髪を手で梳いた。肩からボディタオルをすべらせ、背中から前へと優しく身体を擦られる。

「そのエロい手つきやめろって」

泡のついた上半身を、秦野の手が遠慮なく撫で回してくる。ぬるりとした感触を伴って胸元を撫でられ、秦野から身を離そうとした。すると背後から抱きしめる形で秦野が密着し、乳首を指で弾く。ソープのせいか強く摘まれても甘い痺れが腰に走り、吐息がもれた。

「ん…」

耳朶を舐められ、ぞくりとする。秦野は乳首を弄りながら清涼の尻のはざまをボディタオルで泡立てる。自分の性器が勃《た》ち上がっているのが目に入り、ずいぶん慣らされたものだと清涼は顔を顰めた。すでに身体はこれから起こる快楽を知っているから、秦野に撫で回されて熱を発している。

「おい…、馬鹿…」

いつの間にかボディタオルがタイルの上に落ち、ソープで濡れた指が清涼の尻のはざまを滑ってきた。秦野は何度か割れ目に沿って指を動かし、やや強引に中指を差し込んできた。

「今日は入れても…いいか？」

中に入れた指で襞をかき分け、清涼の感じる場所を押し上げてくる。ひくりと腰が震え、清涼は思わず壁に手をついた。

「やだ」

乱れそうになる息を抑え、そっけなく吐き捨てる。秦野とは泊まりになるたび抱き合っていたが、挿入はまだ二度しか許していなかった。二度目にした時の快楽の深さに、嵌《は》まると戻れなくなりそうな予感がしたからだ。けれど秦野は何かにつけ内部を指で弄ってくるので、清涼の思惑と違い、身体のほうはずいぶんと馴れてきてしまっている。

「おい、やだって言ってるだろ…」

中に入れた指を馴らすように動かす秦野に、清涼は後ろを振り返り睨みつけた。秦野は平気で清涼の首筋を吸い、指の出し入れをしている。

「ここ…気持ちいいのに、何故嫌がる…？　掘られるのが屈辱なのか？」

ぐりぐりと指で前立腺《ぜんりつせん》を擦られ、完全に前が勃起してしまった。浅く息を吐き、清涼は唇を噛んだ。すっかり秦野は清涼の感じる場所を会得していて、反論しようにも快楽に押し流される。それが悔しくてたまらないのに、身体は従順に感度を深めている。

「ノーマルな性癖ならふつう嫌だろ…」

指を抜いてほしいと思うのに、奥の感じる場所を刺激されて足に力が入らなくなってきた。なしくずしに突っ込まれそうで腹立たしい。

「じゃあ…ここでイけたら、入れてもいいか」

「は？」

意味が分からず後ろを振り返ると、秦野が強引に二本目の指を入れてきた。少しずつ柔らかくなっているのか、あまり痛みもなく指を呑み込んでしまう。

「尻でイけたら…ノーマルな性癖じゃないだろ…。このまま指でイかせてみせる」

「ば…っ」

馬鹿じゃねーのか、と言いかけたとたん、指で激しく内部を突かれ、変な声が上がりそうになった。

秦野は根元まで指を埋め込み、清涼の内部を蹂躙《じゅうりん》すると、空いた手で乳首を摘み、揺らしてきた。

「お前…っ、…っ、…っ」

秦野の腕を振り払おうと思ったが、強烈な快楽に息が詰まった。秦野は清涼の感じる場所を心得ていて、わざと濡れた音を響かせ指を動かしている。

「やめ…っ、ぅ…っ、く…っ」

尻と乳首を弄られてあられもない声を出しそうになっている自分に目眩がした。けれど秦野の指で内部を擦られ、感じて前屈《まえかが》みになってしまう。

「ほら…もう我慢汁出てるじゃないか…、気持ちいいんだろ…?」

乳首を弄っていた手で軽く前を触られ、清涼はびくりと身を震わせた。秦野の言うとおり、全身が熱くなり、呼吸も荒くなっている。重く身体中に浸透する熱い痺れに、清涼は悔しくなって舌打ちした。秦野の思惑に乗っかるのは腹立たしいが、確かにこのままじゃ尻でイかされてしまいそうだ。そんな自分は知りたくない。

「もう…っ、分かったから、好きにしろよ…、…っ」

秦野の指が三本に増え、焦らすような動きにされると、観念して清涼は吐き出した。ぎりぎりまで我慢させられて、変な台詞を言わされるのは死んでもごめんだ。前回のセックスは素に戻ると憤死もののプレイだった。

「よかった…俺も限界だったところだ…」

嬉しげに秦野が囁き、指を抜いてくる。代わりに熱く硬いモノを押しつけられ、清涼は思わず壁にすがりついた。

「ん…っ、う…っ」

秦野は先端の部分をめり込ませると、性急な動きで腰を進めてきた。限界だというのは本当のようで、まだ触れてもいなかった秦野のそれは、内部でガチガチに張り詰めて大きくなっている。半分くらいであまりの苦しさに身をよじると、秦野は清涼の腰に手を当て、なじむのも確認せずに小刻みに律動してきた。

「ん…っ、ん…っ」

先端だけを埋め込んで、秦野が内部を擦ってくる。最初は圧迫感で苦しかったが、すぐに火傷《やけど》するような熱い感覚が繋がった部分から湧き起こってきた。もう息を抑えられなくて、激しい運動をしている時のように、はぁはぁと喘いでしまう。

「あ…っ、はぁ…っ、う、く…っ」

清涼が感じている声を出し始めると、秦野は徐々に奥へ奥へと揺さぶってきた。突き上げられるたびに勃起した性器が尻の穴を広げてくる。しばらく小刻みな動きをしていた秦野は、ぐぐっと根元まで埋め込むと、大きく腰をスライドさせた。

「ひ…っ、や、あ…っ、ああ…っ」

ずん、ずん、と奥まで突かれて、急速に射精感が高まってきた。太ももが震え、立っているのがつらくなる。立ったまま後ろから突かれて、ひどく感じていた。反り返った先端からとろとろと蜜が垂れている。

「まだイくな…」

前に回した手で扱き始めると、それを制すように秦野が両手首を摑んできた。

「な…っ、あ、あ…っ、ひ…っ」

両腕を拘束され、抗議しようとしたが、秦野に腰を揺さぶられ喘ぎに変わってしまった。前を擦りたくてたまらないのに、秦野は尻への愛撫しか加えてくれない。

「や…っ、あ…っ、やだって…っ、んう…っ」

性器を突き上げられるたびに濡れた音が浴室内に響き渡って、脳からも刺激された。秦野の腰の動きに、自然に声が漏れてしまう。女みたいな声を上げている。それが分かっていても、感じてしまって止められない。

「や、ぁ…っ、あ…っ、あう…っ」

秦野の突き上げが激しくなってくると、とても立っていられなくて、しだいに前のめりになっていった。ずぷりと音を立てて秦野の性器が抜かれ、清涼は息を乱してタイルに膝をついた。

「はぁ…っ、はぁ…っ」

秦野も激しく息を吐き出し、膝をつく。やっと手が放されたと思ったのも束の間、腰を持ち上げられ再び硬いモノをずぶずぶと埋め込まれた。ゆっくりと中を押し広げられ、爪先まで感じてしまう。

「はぁ…っ、お前の中…、吸いついてくるみたいだ…」

秦野が大きく息を吐き出し、また腰を突き上げてくる。どうにも我慢できなくて、清涼は身体を揺さぶられながら前へ手を伸ばした。

「も…イく…」

濡れた床に右手を置き、左手で前を扱く。待つほどもなくあっという間に達してしまい、前から勢いよく精液を飛ばしてしまった。

「ア…ッ、くぅ…っ」

強烈な快楽と、解放感に目眩を感じる。銜え込んだ秦野をぎゅーっと締めつけ、シャワーの湯が流れるタイルの上に精液をこぼした。少し遅れて秦野が呻きながら腰を引き抜き、タイルに精液を散らしてくる。

「はぁ…っ、はぁ…っ、……っ」

繋がりが解けて、ぐったりして床に座り込んでしまった。まだ中に秦野のモノが入っているみたいで、身動きが取れなかった。

「清涼…」

壁によりかかっている清涼に膝をついたまま近づき、秦野が唇を重ねてきた。まだ互いに乱れた呼吸をしている。秦野に唇を舐められ、清涼は抗わず好きにさせていた。

「一緒に湯船に浸《つ》かろう…」

シャワーで泡と精液を落とされ、だるい腕を引っ張られた。大の男二人が入るには、少し狭い。そう言いたかったが腰が重くて秦野に手を引かれるままに浴槽に足を入れた。

「俺の上に乗れよ…」

向かい合って座らされ、よく分からないままに秦野の腰に尻を落とした。二人分の体積で湯があふれる。秦野に抱きしめられ、こんな間近で見つめ合うような体勢は居心地悪いと腰を上げようとした。だが秦野は首に手を回し、清涼を放さない。

「ん…っ、む…、う…っ」

後ろに身を引こうとしたが、秦野に腕を回され、阻止された。秦野はまるで食むように清涼の唇を貪《むさぼ》り、舌を絡めてきた。秦野のセックスは少ししつこいと思う。キスも愛撫もくどいほどにするし、清涼が嫌がっても無理にやられる。

「はぁ…、うー…のぼせそう…」

唇だけじゃなく首筋や耳朶も痕がつくほどに吸われ、しだいに頭がぼうっとしてきた。気づくと尻の辺りに勃起している秦野のモノが当たっている。一度じゃ済ませてくれないのか。そんな清涼の考えを見越したかのように、秦野の指が再び尻のはざまに潜ってきた。

「ば、か…っ、湯が、はい、る…っ」

まだ弛んでいるそこに指を入れられ、身をくねらせた。秦野は興奮した息を吐き、指で尻の穴を広げ、再び性器を押し込んできた。

「や、め…っ」

嫌がって身をよじっても、ぐいぐいと中に猛ったモノを埋め込まれた。湯が中に入る気持ち悪い感触がして背筋を反らせる。

「あ、う…ぅ…っ」

長さがある分、向かい合ってもだいぶ奥まで秦野のモノが入っているのが分かった。続けての挿入は初めてで、清涼は息を乱してひくひくと腰を震わせた。

「お…まえ、絶対に動くなよ…。湯が入るの気持ち悪い…」

上擦った声で告げると、秦野が分かったと頷いて繋がった状態で抱きしめてきた。挿入の衝撃が去って落ち着くと、今度は中をいっぱいにされている感覚に胸が震えた。じっとしていても時々ぞくっと甘い感覚に襲われる。

「はぁ…っ、はぁ…っ、あ、う…っ」

秦野は清涼の感じる顔を見ながら、両方の乳首を指で弾く。乳首に関しては触られるごとにどんどん甘さが増していて、きゅっと摘まれると声が出てしまいそうなほどになっていた。

「すげぇコリコリになってる…、ほら、摘むと俺のを締めつける…」

湯を波立たせつつ、興奮した声で秦野が乳首を弄り続けている。秦野の言うとおり乳首を刺激されると、銜え込んでいる内部のモノをぎゅーっと締めつけてしまうのがたまらなかった。秦野は清涼に言われたとおり動かしていないのに、中に入っているモノは大きくなっている。

「あう…っ、う…っ、あ…っ」

熱くてのぼせそうになっているせいで、乳首を指でクリクリと弄られながら甘い声を上げていたのに気づかなかった。尖ってぴんと上向いた乳首は、秦野の指に擦られ、切なげに震えている。

「あ…っ、あ…っ、あっ、ン…ッ」

清涼の声に煽られたように、秦野が顔を寄せ、乳首に甘く歯を当ててきた。強い刺激にびくびくっと身体が震え、繋がった部分が異常に気持ちよくなっていた。

「や、う…っ、あうぅ…っ」

乱れた声を上げる清涼に、秦野が大きく息を吐く。

「すごい…中、蕩けるみてぇ…。のぼせそうだ、もう出よう」

湯に浸かりながら十分くらいはいただろうか。すっかり熱くなって頭がぼうっとしていた。繋がりが解かれ、浴室から出されても、まだ覚醒《かくせい》できなかった。秦野はバスタオルで清涼を包み込むと、当然のように寝室へ行き、清涼をシーツに押し倒してきた。

「あ、う、う…っ」

両足を持ち上げられ、弛んだ穴に秦野のモノが入ってくる。秦野は清涼の両足を胸に押しつけるほどに折り曲げ、最初から激しく腰を突き入れてきた。

「あ…っ、あ…っ、はぁ…っ、や、ぁ…っ」

まるでオムツを替えるような屈辱的な格好で、蕩けそうなほどに熱くなった内部をかき回された。この体勢だと自分の感じている顔を秦野にあますところなく見られてしまう。腕で顔を覆うと、無理やり引き剝《は》がされる。

「やめ…、う、あ…っ、あー…っ」

片方の足を押さえつけられ、身動きの取れない格好で、内部をぐちゃぐちゃにかき回された。抵抗したくても気持ちよくて、快楽に抗えなかった。

「あー…っ、あー…っ、ひ、う…っ」

ぎしぎしとベッドが鳴り、わけが分からなくなった。声を出すと少し楽で、襲ってくる熱い波みたいな快楽をやり過ごすことができる。

「中に…出して、いいか…?」

音が響くほどに中を穿《うが》たれ、秦野が上擦った声で吐き出した。答える前に性器を大きな手で扱かれ、イくことしか考えられなくなる。

「ひ、ぃ…っ、う、あ、あああ…っ」

繫がった場所はどこを突かれても感じて、大きな声を上げまくった。秦野の突き上げが激しくなった頃、清涼は四肢を震わせて秦野の手の中に精液を吐き出した。続いて内部で秦野のモノが膨れ上がり、どろりとしたものを出したのが分かる。

「は…っ、はぁ…っ、はぁ…っ」

秦野は絶頂に達しながら清涼を抱きしめてきた。身体にかかる重みに心地良さを覚える。獣のような息をこぼし、清涼はぐったりとシーツに身体を預けた。


行為の後、眠さに負けて裸のまま熟睡してしまった。

セックスはスポーツに似ているというが、確かに体力を使うという点ではよく似ている。ふだんからまったく鍛えていない清涼などは、マグロ状態だというのに終わった後はすごく疲れて睡眠タイムに入ってしまう。いつも起きると身体がきれいにされているから、きっと秦野がやってくれているのだろう。意外にマメな男だ。ついでにシーツを洗濯機に放り込んでくれれば完璧なのに。

窓からの日差しで目覚めると、時計を見て思ったよりも早い時間に覚醒したのに気づいた。あくびをしてガウンを着込みリビングに顔を出す。秦野が洗面所で髭を剃っているのが見えた。カウンターテーブルの上は何も置かれていなかったし、シンクを使った形跡もない。秦野がまだ朝食を食べていないのだろうと踏んで、フライパンにベーコンと卵を落とした。

「食うか?」

身支度を整えた秦野に声をかけると、面食らった顔でカウンターテーブルに着いた。こんがり焼いたパンとベーコンエッグを皿にのせ、淹れたてのコーヒーをふるまう。

「朝食が出たのは初めてだな…」

どこか嬉しそうな顔をする秦野の隣に座り、清涼は眠い目を擦りコーヒーを腹に流し込んだ。朝食の時間に起きられたのは久しぶりだ。低血圧なので朝は弱く、依頼も午後からしか受けない。

「お前……家族とかはどうしてるんだ?」

ベーコンエッグをパンに挟み、かぶりつきながら秦野が聞く。

「いない」

そっけなく答えると、その先を知りたいという顔で見つめられる。

「両親は亡くなってる。兄弟はいない。天涯孤独の身の上ってわけだ」

朝からする話ではないと思ったので当たり障りのない答えだけにしておいた。秦野は考え込むようにパンを頬張《ほおば》り、黙っている。

「お前は?」

ついでのように問い返すと、秦野はコーヒーに口をつけ目を伏せた。

「俺も親父は死んでる。俺が中学生の頃、交通事故で。生きてたらぶん殴ってすっきりできたんだけどな。母親は宮崎《みやざき》にいる」

「上京してきたのか？」

「ああ…。なるべく遠く離れて生活したかったんだ」

ぎこちない表情を浮かべて呟く秦野に目を向け、まだ自分の中で咀嚼《そしゃく》しきれていない感情があるのを感じた。生真面目な男だから、折り合いをつけるのも難しいのだろう。

しばらく黙ったまま食事を続けた。秦野が家の中にいるのに、だんだんと慣れてきてしまっている。よくない傾向だと思いつつ、他人の存在が気にならなくなっていた。変な関係を続けている。この先どうする気なのだろうか、自分は。

「悪い…、また痕つけちまった」

秦野の手が伸びて、首筋を触られる。テーブルの上に置かれた小さな鏡を手に取って確かめた。毎回痕をつけるなと言っているのに、秦野は行為が始まると夢中になってしまうみたいで鬱血《うっけつ》した箇所を残していく。

「お前は征服欲が強すぎなんだよ、すぐ中出ししたがるし、独占欲も強いんだろ」

鎖骨の辺りにも秦野が残した痕が見えて、呆れて尖った声を出した。秦野は指摘され、うっすら赤くなり、口ごもった。

「そんなことは……、あるかもしれないが…」

「頭に血が上ると冷静さを欠くしな。刑事なんて仕事は忍耐が必要なんじゃないのか？」

ここぞとばかりに説教すると、ふっと秦野の顔が曇り、脳裏に映像が飛び込んできた。軽く腕が触れ合っていたせいで、秦野の記憶が流れ込んでくる。

取調室だろうか。机に座ってうなだれる中年の男に、秦野が威嚇するように怒鳴り散らしているのが見える。首を振り何かを訴える男に、秦野が顔を顰めている。苛々《いらいら》しているのだろう。秦野は室内を出たり入ったりしている。

「あ…」

見られているのに気づいたのか秦野がハッとして腕を放した。それからすぐに思い直したようにうなじをかく。

「容疑者の尋問でも思い出していたのか？　忍耐切れそうだったな」

悪びれもせずに清涼が告げると、秦野がため息を吐く。

「お前…俺の考えていることも分かるのか？」

「まさか。俺が見えるのは映像だけだ。声も聞こえないし、表情やその場の風景で推理しているだけだよ」

探るように聞かれ、あっさりと本当のことを告げた。秦野は映像だけだと知り、安堵したようながっかりしたような複雑な表情になった。

「今取り調べしている男…、まったく何も漏らさないんだよな…。証拠はあるのに、認めようとしない。事件の日の話になると、酔ってて覚えていないの一点張りで、埒があかない」

「ふぅん、見てやってもいいけど」

フォークで半熟の卵を潰《つぶ》しながら告げてみた。

「えっ」

「金くれれば」

驚いて目を見開く秦野に、親指と人差し指でわっかを作って答える。秦野は難しい顔で考え込み、腕を組んで唸《うな》り声を上げた。

「上が許すかな…。でも、お前に探ってもらえたら、とっかかりができるよな。何が起きたかも分かるし…。ちなみにいくらでやってくれるんだ？　俺は薄給だぞ」

「大きいお札が一枚でいいよ」

「情報屋みたいなノリだな…」

うんうん唸っていたが、結局秦野は上司が許してくれるなら頼みたいと判断したようだ。アルバイトだと思えば楽な稼ぎだ。その時は呼んでくれと答えて食事を続けた。

「美味しかった、ごちそうさま」

ぼうっと考え込んでいると秦野が食事を終え、椅子《いす》から立ち上がった。そのまま隣に座っている清涼のほうに屈《かが》み込んできたので、何か用かと振り向いた。

ふいうちのように音を立ててキスをされ、仰《の》け反《ぞ》って目を見開く。秦野は清涼とは顔を合わさずに、すーっとテーブルから離れ、ソファに置きっぱなしだったバッグを拾い上げた。

「行ってきます、そのうちまたくる」

何故か早口で告げ、秦野が家を出て行った。

「何だ、今の…。キモッ」

妙に甘ったるい空気が流れていたような気がして、大げさに身を震わせた。まさか今のは行ってきますのチューなのか、そんな馬鹿な。気持ち悪い。

——本当に、どうするつもりなのだろうか。自分は秦野との関係を。

大きくため息を吐いて清涼は椅子の背もたれに背中を預けた。


次の日になって秦野から仕事場に電話がかかってきた。電話番号を教えた覚えはないのだが、おそらく清涼の仕事について調べた際にすでに確認済みなのだろう。昨日話していた件に関して頼みたいと真面目な声で言われ、よく上司が了解したなと不思議に思って尋ねると、低い声で「すまん」と謝られてしまった。

　人の記憶が見える、などという話はもちろん上司にはできなかったらしく、表向きは犯罪者の精神構造を理解するため、尋問に立ち会いたいと言っている心理学者がいる、とこじつけたようだ。そこまでして行く気になれなかったが、秦野に何度も申し訳ないと謝られたので、仕方なく秦野の勤めている警察署へ出向くことにした。

「無理を言ってすまない」

　警察署の近くで待ち合わせ、記憶を探り出す相手に関する打ち合わせをした後、秦野の仕事先へ一緒に行った。警察は好きじゃないどころか大嫌いだと言ってもいいくらいで、我ながらこんなバイトを引き受けてしまったのが不思議でならなかった。秦野は刑事課強行犯係に所属する所轄の刑事で、職場を訪れると署内は騒然としていて慌ただしかった。ヤクザだか刑事だか分からないような人相の男も歩いているし、室内全体が埃《ほこり》っぽくておよそきれいとは言いがたい。

「そういう格好も似合うな」

　廊下を歩いている最中に秦野が感心して告げた。まともな格好をしてこいというのでスーツを着てきた。中身はともかく、メガネをかけると一見理知的なイメージに見えるのが怖い。心理学を研究している人間のふりなら得意だ。舌先三寸で上司とも渡り合ってやる。

「少しそこで待っていてくれ」

奥まった場所にある一室に通され、部屋のすみにおかれた椅子に座らされた。いくつかの手続きが必要だったらしく、三十分ほど待たされて、手錠を嵌められた中年の男性と秦野が部屋に入ってきた。中年の男性はおどおどとした様子で机の傍にあるパイプ椅子に座り、背中を丸めた。秦野はドアを閉めると椅子から腰を上げた清涼を男に紹介した。

「この人がさっき話した先生だ。いくつか質問をしたいそうだから、話してくれ」

秦野が清涼に男の名前を告げた。羽根田秋雄《はねだあきお》。五十二歳。先月頭に管轄下の空き地に若い女の死体が埋められているのが発見された。死体は死後一カ月経っている状態で、撲殺されたのちに所持品や衣類を奪われている。歯型やDNA鑑定は進めているが、被害者の特定にはまだ至っていない。

事件の容疑者が浮かんだのは、別方向からだった。被害者の身体に巻かれた布を縛っていた紐《ひも》が特殊な紐で、製造元でも試作品の状態でまだ世間に出荷されていないものだったのだ。小さな町工場の商品で、急遽《きゅうきょ》そこで働く関係者の中で怪しい人間がピックアップされた。羽根田は前科があり、殺害当時のはっきりしたアリバイがなかった。偶然にも殺人が起こった週、工場の人間は全員慰安旅行で沖縄《おきなわ》に出かけていた。羽根田だけが断り、東京《とうきょう》に残っていた。別件で任意同行を迫り、警察は事件に関する取り調べを行っているが、これといった成果は上がっていない。通り魔のような犯行、と警察は決めつけている節がある。拘留できるのは明日までということで、秦野は思い余って清涼に頼んだのだろう。

「はじめまして、守屋です」

羽根田の向かいに腰を下ろすと、清涼は羽根田の前科に関する事件について話を始めた。見知らぬ人間と向かい合って話すのは緊張を強いられるものだ。羽根田は硬い顔つきで、つっかえつっかえ聞かれたことを話し始めた。羽根田は若い頃喧嘩っぱやく、飲み屋で偶然隣り合った客と諍《いさか》いになり、殴り合いの際に打ち所が悪くて相手が死んでしまった、という事件を起こしていた。適当にその当時の心情に関する質問をして、清涼は椅子から立ち上がり羽根田の背後に回った。

「緊張なさっているようですね、私は警察の人間ではありませんから、言葉を選んで話さなくてもいいんですよ」

羽根田の肩に手を置き、一転して軽やかな口調で話しかけた。相手の緊張を解すには斜め向かいか、隣がいい。清涼は穏やかな笑みを向け、羽根田の背中をなだめるように何度か軽く叩いた。

「羽根田さんは今別件で容疑者扱いを受けているようですね」

秦野は部屋の隅に座り、腕を組んで目を閉じたままだ。さすがに容疑者である羽根田と二人きりにはさせてくれないので、清涼はなるべく小声で羽根田に問いかけた。

「一月前…、職場の同僚が旅行に行っていた間に事件を起こしたと聞いていますが…」

記憶を呼び覚ますように日付とキーワードを羽根田に語りかけていく。羽根田は頭を抱え、絶望的な声を出した。

「分からない…、あの日は一人で飲みに行っていて…、気づいたらアパートで寝ていました…。でも私じゃない、被害者なんて知らないし、紐なんてくすねていない…」

羽根田は相当尋問で脅されているのか、声がうつろだった。それよりも驚いたことに、事件当時の記憶は殺害に関するものがまったく出てこない。酔っ払ってくだを巻いている映像は切れ切れに脳裏に飛び込んでくるが、空き地で死体を埋める様子も、若い女性と会った記憶もない。

「つかぬことを伺いますが、その前後で変わったことはありましたか?」

不審に思ってその前後の記憶について掘り下げて聞いてみた。羽根田はそれほど忘れっぽい人間ではなかった。酔うと記憶はなくなるようだが、素面《しらふ》ならはっきりしている。旅行に参加しないのかと従業員に聞かれた記憶や、帰ってきた同僚がみやげを渡すさままで特に変わった様子はない。

「なるほど…、よく分かりました。ご協力感謝します」

これ以上探っても無駄だと判断して、清涼は羽根田と握手して秦野に目配せした。秦野は立ち上がり、羽根田を部屋から連れて行くと、しばらくして目を輝かせながら戻ってきた。

「何か分かったか?」

情報が少しでもほしい、と言いたげな秦野の目を見て、清涼は「外に出よう」と促した。

警察署を出て、近くの喫茶店に入る。これから渡す情報の重要さを考えると、先払いしてもらわねば困ると考え、コーヒーを注文した後、手を差し出した。もどかしげに秦野が札を取り出し、それで？　と目で急《せ》き立《た》ててくる。

「ない」

ネクタイを弛め、面倒そうに清涼が答えると、意味が分からなかったらしく秦野が身を乗り出した。

「え？」

「だから、ないよ。死体埋めた記憶も。殺した記憶も。無罪だ、無罪」

清涼の言葉に呆然として秦野が固まっている。その顔にはありありと嘘だと書かれていて、清涼はムッとして内ポケットから煙草を取り出した。

「ないもんはしょうがねぇだろ。ったく税金使ってんだから、ちゃんと犯人捕まえろよな。ただの運の悪いおっさんじゃねーか。しかも痛めつけられてぼろぼろだったぜ。これだから警察は…」

「本当に違うのか？　お前の勘違いじゃなくて？」

まだ信じがたいという顔で秦野は食い下がっている。煙草に火をつけ一服したところで注文したコーヒーが置かれ、清涼はコキコキと肩を鳴らした。

「あのな、毎日殺人でも犯さない限り、人を殺すってのは相当衝撃的なできごとなんだよ。思い出さないなんてあるはずないだろ。あのおっさんは本当に飲んで酔っ払ってただけ。旅行に参加しなかったのだって、きっと仕事仲間と仲良くなかったせいだろ。一人でちびちび飲んでたし」

「そんな…でもあれは、幸田《こうだ》先輩が確信を持って…」

「ないもんはないよ。無駄な尋問なんかやめて、他の容疑者洗い出せよ」

秦野は清涼の声が耳に入っていない様子で、がっくりとうなだれている。秦野も憐《あわ》れだが、先ほどの羽根田という男にはもっと同情する。偶然殺人に使われた紐が職場のものだったというだけで殺人犯にされそうなのだから。

（まぁ状況証拠だけじゃ起訴されないと思うけど…）

少しだけ気になったが、それ以上は秦野の管轄だ。コーヒーを飲み終わったら帰ろう、そう頭の隅で思い、口から煙を吐き出した。


四月に入り、過ごしやすい日々が続いた。清涼の自宅近くの並木通りは桜が満開で、沿道には花びらが敷き詰められていた。

仕事の合間に訪れた秦野と駅近くの屋台にラーメンを食べに行き、互いの他愛《たあい》もない近況を語り合った。珍しく一週間顔を見せなかった秦野だが、仕事上で憂えることがあるらしい。清涼に触れるのを避けているのが見え見えだ。別に秦野の記憶など覗きたくもないが、そこまで隠されると却って興味が湧く。どんぶりを傾けながら、一体何を隠しているのか頭を巡らせた。清涼と秦野の接点など、水科麻奈の事件くらいしか思いつかない。

(それ以外って…、あ)

ふと思い出して清涼は空になった器を店主に戻した。

「この前の容疑者、ちゃんと自由になったんだろうな?」

じろりと秦野を睨んで問うと、まさに聞かれたくないことだったらしく秦野の顔が曇った。

勘定を払い終え、並木道を歩く中、秦野は困った顔で頭を掻いた。

「隠しても無駄だから言うが……、羽根田が自白した」

「そんな馬鹿な!!」

通り行く人が振り返るくらいの大声で怒鳴り、清涼は足を止めて秦野を睨みつけた。

「あの男は無罪だって言っただろうが!? 自白って何だよ、それ!」

「俺がさせたわけじゃない、怒鳴るなよ!」

「俺の能力疑ってたのか!? あの男は無関係だ、もし自白したなら強要されたに決まってる!!」

桜の下で怒鳴り合っていたのが注目を浴びたのか、じろじろと通行人がふり返ってきた。腹立たしいことこの上ないが、こんな時こそ冷静にならねばならない。清涼は腕を組み、眉間にしわを寄せて秦野を見つめた。

「あの男の取り調べをした刑事ってのは、何て名前なんだ。俺に会わせろよ、そんなクソ刑事俺が秘密を暴き出してやる。あの男は自分の無罪を主張してたんだ、それを引っくり返すほど過酷な取り調べをやったってことだろ。あーホント、ムカつく。何のために俺を使ったんだよ、お前」

苛立たしげに秦野を詰《なじ》ると、秦野は何か言い返そうとして口を開いた。だがその顔はしょげ返り、がりがりと頭を掻いて黙り込む。どうやら羽根田を尋問したのは、秦野にとって逆らいたくない相手みたいだ。そうでなければ間違ったことが嫌いな秦野が黙っているとは思えない。

「そういや先輩がどうのと言っていたな」

羽根田に関して語っていた時に、名前は忘れたが先輩が捕まえたというようなことを口走っていた。今すぐ触れれば、答えが出るのに。内心そう思いつつ清涼は秦野に触れなかった。そういうやり方は互いの礼儀を欠く。

「……幸田先輩は、俺が刑事になりたての頃から世話をしてくれた人なんだ。立派で有能な刑事だ。そんな人が……無理な自白を迫ったとは思いたくない」

清涼から目を逸らし、秦野は苦しげに呟いた。

「そいつに恋愛感情でも持ってんのか？　ケツでも狙ってんのかよ」

いく分からかうような声音で告げると、カッとしたように秦野が清涼の胸倉を摑んだ。

「そういうんじゃない、冗談でも言うな!!」

「違うならもっと軽く返せよ、そんなにむきになってると、余計に怪しいぜ。男の多い職場だ、お前にとってはさぞかし居心地いいだろうからな」

秦野の顔が歪むのを見ていると、ついつい行きすぎた言動になってしまう。案の定秦野は拳を握り、今にも殴りかかりそうな顔になった。殴られて喜ぶ趣味はない。清涼は秦野を強い視線で睨み返し、口を開いた。

「会わせろよ、その男に」

秦野の握りしめた拳が、わななないて止まる。

「何で無理な自白を迫ったのか、興味がある。検挙率でも上げたかったのか？　手柄にしたかった？　公明正大だと信じてるんだろ。見られて困ることでもあるのか？」

挑むように突きつけると、秦野が観念して手を放した。

分かった、と低く呟く声には、どこか怯えている匂いがあった。清涼以上に秦野はその刑事に疑惑を抱いている。後ろ暗いところなどない先輩だと信じていたいだけだろう。

週末に会う約束を交わし、清涼はその場は秦野と別れた。今日は互いに神経が尖っていて、とても一緒に過ごす気になれなかった。清涼自身は、一度会ったきりの前科もちが捕まろうがどうしようが構わない。だが自分の能力には自負を抱いていた。それにケチをつけられては、引き下がれない。どんな手を使っても、その刑事に間違いを認めさせるつもりだ。

（口直しにコーヒーでも飲みに行くか）

財布の中に金は大して入っていない。塚本の店にでも行こう、そう思いつつ清涼は自宅から遠ざかった。

意外にも秦野から翌日になって先輩と会わせると連絡があった。てっきりうだうだと時間を費やすつもりだと思っていただけに拍子抜けした。気が変わらないうちにと指定された署の近くの喫茶店へ赴くと、秦野は先に着いていて待っていた。

テーブルの上の灰皿には、うず高く吸い殻が積もっている。それほど待たせたわけではないはずなのに、秦野が緊張しているのが分かって奇異に感じた。向かい合って座ると、カフェオレを頼む。前回頼んだコーヒーは不味《まず》かった。カフェオレなら少しはマシだろう。

「この前と同じ設定でいいんだろう」

秦野の先輩に当たる幸田という刑事には、心理学者という触れ込みで会うのだろうと思い、クローゼットの中からスーツを引っ張り出してきた。

「それなんだが…」

言いづらそうに秦野が両手を合わせて目を伏せる。

「まさか幸田先輩に会わせる日がくるとは思っていなかったから、……お前のこと、その飲んだ時に話したことがあって」

顔を覆い隠すようにして話す秦野に、嫌な予感がして清涼は取り出した煙草の箱を握りつぶした。

「話したって、何を。――いや待て、やっぱり聞きたくない」

秦野の答えを聞くのが恐ろしくて、気分を落ち着かせるために煙草に火をつけて口に銜えた。

飲んだ時に話した、ということは仕事の話ではなくプライベートな話ということだ。しかも酒で口が弛んでいるというのは嫌な予感を抱かせる。

「……つき合ってる、と話してしまった」

ぼそりと秦野に呟かれ、清涼は顔を引きつらせて額に手を当てた。聞きたくないと言ったのに、最悪の答えが返ってきた。清涼は黙りこくって目を閉じ、煙を吐き出した。どこから突っ込めばいいか分からない。

「誰と誰がつき合っているんだ」

とりあえずそこから指摘するべきだろうと思い、低い声で告げてみた。秦野は困ったように目を逸らし、言葉を探している。ちょうどカフェオレが運ばれて、煙草を右手に持ち替えて一口飲んだ。不味い。

「……俺はそのつもりだけど」

言いにくそうに秦野が囁いた。

「俺は一度も好きだと言った覚えはない」

「じゃあ何で…やらせてくれるんだ」

互いに目を見合わせないまま、微妙な会話を続けていた。居心地が悪く、できるなら避けたかった話だ。一体どう答えようかと頭を悩ませ、清涼はずっと煙草をふかしていた。

「お前…ゲイじゃないだろ。それでも俺が行くと、受け入れる。だから俺は…お前とつき合ってるつもりでいた」

「お前だって一度もそういう類の言葉、言ってないだろ。俺は別に…」

「好きだよ」

大きな手で自分の目を覆い、秦野が言いにくそうにこぼす。思わず動きを止めると、秦野は赤くなった顔でため息を吐きながら「好きだ」と続けた。

「言うと逃げられそうな気がして、言えなかった」

どこか怯えた声に、清涼は頭の中が真っ白になって吸っていた煙草を灰皿に押しつけた。今すぐにでもここから逃げ出したい気分でいっぱいだ。幸田という刑事と会う約束さえなければ実行していた。

「……話を戻そう、幸田って刑事にはどこまで話したんだ。幸田はお前がホモだって知ってんのか？」

わざと秦野の告白は無視して、清涼はバッグから新しい煙草をとり出した。

「先輩には言ったことがある。それでも以前とまったく変わらない、できた人だ。他の奴にばらすこともないし、本当に頼りになる先輩なんだ。お前、変わった名前だろ。だから今回羽根田と心理学者を会わせたいって話をした時に、気づかれちゃったんだよ。お前の名刺を見せたから…」

「なるほど…じゃあ今日の俺の設定は、心理学者でホモってことだな。いいよ、今日はお前とつき合ってる男ってことにしとくよ」

気を取り直して告げると、秦野が不満げに眉を顰《ひそ》めた。

「おい…」

「成り行きだ」

このまま放置すれば、きっと秦野はしつこく食い下がってくる。そう判断して、現状の気持ちを素直に吐き出すことにした。

「俺がお前と寝たのは成り行き。悪くないから続けてる。それだけだよ」

きっぱりと言い切ると、秦野が面食らった顔で見つめてきた。どう思われようと他に言いようがない。秦野のことは嫌いではなかったが、好きだとは言い切れなかった。ましてや愛している、などという言葉は間違っても口に出せない。

「俺は…」

まだ何か言い掛けようとした秦野だが、ちょうど喫茶店のドアがカランと鳴り、ハッとして口を閉ざした。清涼は入り口に背中を向けていたので、秦野の表情から幸田がきたのだと分かった。

「あの人が幸田先輩だ」

秦野に囁かれ、清涼は軽く後ろを振り返った。

くたびれた背広を着た、五十歳くらいの中年男性がまっすぐにこちらのテーブルに向かってきた。秦野の顔を見て、目尻《めじり》を下げ、手を上げる。一筋縄ではいかないような、えらの張った強面《こわもて》の男だった。秦野より背は低いが、油断のない目つきをしている。

立ち上がって挨拶《あいさつ》をしようとして、清涼は幸田の目を見た。

——ドクン、と鼓動が大きく跳ね上がった。

心臓がガラスでできていたとしたら、まるで握りつぶされて割れてしまったような感覚に襲われた。幸田の顔を見たとたん、言葉を忘れ、ただ頭が真っ白になり、全身が硬直する。

「どうも、はじめまして」

にこやかに手を差し出してくる幸田の顔をそれ以上見ることは叶《かな》わなかった。

急激に血が下がり、立っていられなくなって、清涼は床に膝から崩れていった。どうしたんだ、と騒ぐ男の声が遠くに聞こえる。耳も目も、全神経もどうにかなってしまったようで、まるで機能しなくなっていた。

硬い床が頬にくっついている。意識が途切れていく。

どこか遠くから、花吹雪先輩の声が聞こえた。

「これは、お前がそいつに出会ったら、解ける魔法だから」

猫みたいに光る目で花吹雪先輩は教えてくれた。

「それまでお前の中に封じ込めておくよ。――見つかるといいな、犯人」

完全に意識を失い、そこから先は何も分からなくなった。


目覚めた場所は、どこかのアパートの一室だった。上半身を起こすと、身体にかかっていた毛布がずり落ちる。頭が猛烈に痛かった。何が自分の身に起きたのか分からず、髪をかきむしって立ち上がろうとする。室内は薄暗い。もう夕刻なのだろう。どこからか電車が走る音が聞こえる。近くに線路がある。

「まだ起きるな、お前いきなり倒れたんだぞ」

清涼が起きたのに気づいて、奥から秦野が飛び出してきた。心配げに自分の顔を見る秦野の顔を見て、何が起きたのか思い出した。幸田という刑事に会ったとたん、気を失って倒れてしまったのだ。思い出すと同時に、強烈な怒りが湧き起こり、清涼は険しい顔つきで秦野の腕を摑んだ。

「あの男はどこだ!? あの人殺し野郎は、どこに行ったんだ!!」

目を合わせるなり大声で怒鳴り始めた清涼に、秦野が困惑して抱きとめる。

「あの男…? おい、落ち着けよ、一体どうしたんだ? 人殺しって何の話だ?」

「あの幸田って男だ! 刑事? 冗談じゃない、あいつだ、あいつが俺の両親を——」

落ち着かせようとする秦野の腕を振り切ろうとして、清涼はガンガン痛む頭に唇を噛みしめた。頭痛だけじゃない、嘔吐感《おうとかん》。長く忘れていた、この感覚。そうだ、あの頃は毎日こんなふうに悩まされていた。

「落ち着けよ! 何が何だか分からない、幸田先輩は職場に戻った。お前が倒れたから、俺の家に連れてきたんだ。喫茶店の隣が俺のアパートだったんだ」

なだめながら秦野に説明され、懸命に頭の整理をしようとした。だがとても落ち着くことなどできない。長い間捜していた犯人が目の前に現れ、頭痛と目眩、吐き気がする。こんなところにいる場合じゃない、一刻も早くあの男を捕まえなければ。

「人殺しって……何の話だ?」

頭を抱え、必死に痛みと闘っていると、秦野が戸惑った声で尋ねてきた。

説明しようとしたが、頭の中がぐちゃぐちゃで分からなくなっていた。花吹雪先輩の声が、耳の奥でわんわんとこだましている。今すぐあの男の元に行き、顔が変わるほど殴りつけたかった。

「お前は取り乱している。もう少し寝たほうがいい、頭が痛いのか？　ほらこれ飲め。頭痛が治まるから」

秦野がタンスから頭痛薬を取り出し、水と一緒に手渡してきた。この痛みが取れるならと、清涼は躊躇《ちゅうちょ》なくそれを飲み下した。水を飲んだせいだろうか。わずかに痛みが引いた。

「寝ろよ、寝たほうがいい。俺も傍にいるから」

無理やり寝かされて、布団を頭まで覆われた。寝たくはなかったが、頭の痛みをなくすには寝たほうがいいと判断して目を閉じた。

ひたすら混乱していた。

清涼は逃れるように再び眠りの世界に潜った。


肌寒くて目が覚めると、見覚えのない天井が見えた。数度瞬きをして、隣で眠っている秦野に目を向けた。寒いと思ったら、一つの布団に秦野と眠っていたらしく、毛布を引っ張られていた。

何時間か眠ったおかげで、頭がすっきりしていた。

すっきりすると同時にさまざまなできごとを思い出し、また心が乱れそうになる。深呼吸して腕時計を見た。朝の四時だ。まだ窓の外は暗い。

昨日起きたできごとを反芻し、取り乱した自分を恥じた。ただ憎しみだけに支配され、心が乱れるままに秦野に怒鳴り散らし、冷静さを欠いた。あれから長い時間が経っているというのに、未だに感情を整理できていない。

布団から這い出し、トイレを借りた後、清涼はこのまま黙って帰ろうか悩んだ。始発の電車が動いているかどうか分からないが、それでもこのままここにいるのは何となく嫌だった。秦野と顔を合わせづらい。黙って出て行こうと決めて、ハンガーにかけられた背広に袖を通す。ネクタイは秦野が解いてくれたようだが見つからなかったので、あきらめた。

玄関で革靴を履いている途中、物音で目覚めたのか秦野が布団から這い出してきた。バツの悪い顔で振り向くと、秦野が眠そうに目を瞬《しばた》かせ、玄関までやってきた。

「勝手に帰るなよ、まだ話を聞いていない」

黙って帰ろうとした清涼に、秦野が文句を言う。とてもこんな朝っぱらから話す内容には思えなくて、首を振った。

「話は今度にしてくれ。……昨日は悪かった、世話になったな」

秦野に背中を向け、立ち上がる。秦野は不満げな様子だったが、振り切るようにしてアパートを出た。

空が白み始めていて、空気が冷たかった。清涼は内ポケットに手を入れ、煙草とライターを取り出して朝の一服をした。ニコチンが頭に沁《し》み渡り、少しずついつもの自分を取り戻していく。

「清涼」

駅に向かってゆっくり歩いていると、驚いたことに秦野が追いかけてきて清涼の腕を摑んだ。

「お前…なんだよ、まだ寝てりゃいいのに」

秦野が追ってくるとは予想していなかったので、かなりびっくりした。秦野はスウェットの上下を着ていて、まるでこれから朝のジョギングでも始めそうだ。

「気になるから、今話せよ。そうしないとお前どっか消えそうだ」

真剣な顔で言われ、清涼は吸っていた煙草を地面に落とした。革靴でそれを踏みにじり、ため息を吐く。すると秦野が清涼の腕をとり、細い路地へと導いた。

五分も歩いただろうか。小さな川が流れる土手があり、秦野は石段を下りて清涼の手を放した。

「俺にも分かるように説明してくれ」

真剣な顔で聞かれ、清涼はあまりきれいとは言いがたい川の流れへと目を向けた。刑事という仕事がらか、秦野はすっかり目が覚めている。ここまできたら黙って帰るのもよくないと思い直し、清涼は何度目かのため息を吐いて秦野に目を向けた。

「分かったよ。……俺の両親が亡くなったのは、話したよな?」

みぞおちがぎゅうっとなる嫌な感触が湧き起こってきて、清涼はあえて淡々と話し始めた。思い出すのはまだつらく、怒りと憎しみでどうにかなってしまいそうになる。

「殺されたんだ。俺が中学生の時だった」

低い声で清涼が告げると、秦野の顔がサッと強張る。

「あの日のことはよく覚えている。真夜中、変な物音がして目が覚めた。ともかく何だか嫌な感じだった。俺は二階の子供部屋にいて、一階に様子を窺いに行った。母さんに声をかけても返事がなかった。寝室だった部屋を開けると、父も母も変なふうに倒れていた。二人ともほぼ即死だったよ、電気がつかなかったからよく見えなかったけれど、でも分かるだろ、パッと見てもうおかしいって分かった、何か異常事態が起きたって。後から知ったんだけどブレーカーが上がっていて電気がつかなかった。でも床に何かこぼした痕みたいなのは見えたんだ。あれは血だった……。俺はガクガク震えて悲鳴を上げて家から飛び出そうとした。その背後から、いきなり切りつけられた」

秦野は黙って清涼の話を聞いている。その顔が刑事みたいだと思って、少しおかしくなった。

「振り返った時、俺は犯人の顔を見た。でもすぐ胸も刺されて、意識を失った。気づいたら病院のベッドの上だよ。運がよかったのか悪かったのか、ともかく俺だけが生き残った。俺はもちろん警察に協力した。モンタージュ写真っての？　そういうのも進んで引き受けたし、早く犯人を捕まえてくれって担当した刑事にも頼んだ。だけど……結局犯人は見つからなかった」

当時の苦しい気分が蘇《よみがえ》って、深呼吸をくり返さないと冷静に話せなかった。あの時のたまらないほどの閉塞感《へいそくかん》は、味わった者にしか分からない。

「犯人は証拠品をほとんど残していかなかった。俺という目撃者がいたにもかかわらず…。時効が訪れたのはつい最近だ、結局何も分からないままお蔵入りだ。通りすがりの押し込み強盗。そんなよくある事件の一つにされてしまった」

土手を犬の散歩をしている老人が歩いていく。清涼は少しだけ表情を弛めて、冷たくなった指先をズボンのポケットに突っ込んだ。

「人生を引っくり返すほどの事件に巻き込まれた可哀想な中学生はどうなったと思う？　殺人現場を見せられ、犯人の顔も目撃して、自分も瀕死《ひんし》の状態だ。悪夢にうなされ、毎日が死ぬほどの苦しみだった。思春期に見るもんじゃないな、あれは俺の人格形成に大きな影響を与えた。一番苦しかったのは、俺だけが犯人を知っているってことだ。もう一度見れば分かるのに、日が経つにつれ、自分の記憶に自信がもてなくなっていた。あの頃、まったく進展のない事件に、俺は怖くなっていた。あの犯人がもう一度俺を殺しにくるんじゃないか、ってことと、記憶が風化してしまうんじゃないかってことを」

「まさか…」

何かに気づいたかのように秦野が目を見開く。

「俺の存在が気づかれる、というのはそれほど問題がなかった。叔母が俺を養子として引き取ってくれて、名字が変わったからだ。学校も替わったし、周囲の環境も変わった。だがもう一方の記憶の風化については、俺は自信がなかった。今すぐ犯人を見れば確信を持って証言できるけれど、五年後、七年後の記憶については分からない。それくらいあの事件には証拠品が少なくて、まともな容疑者が見つからなかった」

転校した中学校のことを思い出し、わずかに気分が楽になった。誰も自分の過去を知らない、というのはひどく楽だった。同情も興味もない。

「俺は転校した先の学校の寮に入った。同室だった三年生の先輩が……ちょっと変わってる人で、俺が時々うなされるのに気づいていた。他人の心を開かせるのに長《た》けていた人だった。俺は誰にも話すまいと思っていた事件の話をした。そうしたら花吹雪先輩は…、ああ本名じゃないよ。皆にそう呼ばれてただけ」

花吹雪のことを思い出し、自然と笑顔になれた。寮に数々の伝説を作った人で、誰からも好かれ、そして敬われていた。

「俺に催眠術をかけようかって言うんだ。事件のことを思い出さないようにする魔法だって。俺は信じていなかったけれど、それができたら楽だって答えた。先輩は、その犯人に会うまで、記憶を留めておくって断言した。あの頃はよく分かっていなかったけれど、人間っていうのは見たくないものに蓋《ふた》をすることができる器用な生き物なんだ。誰だって自分の嫌な部分と向き合うのは苦手だろ。それと同じで嫌な記憶も、見ない振りをすることができる。子どもの遊びといえばそれまでだけど、花吹雪先輩の魔法はすごかった」

吐息をこぼして、秦野を見た。秦野は強張った顔をしている。

「俺にかかった魔法は、昨日まで本当に解けなかった。――分かるだろ、あの男だ」

はっきりと清涼が言い切ると、秦野が目に見えて動揺した。

「まさか…幸田先輩は、刑事だ…。そんな馬鹿なことが…」

「刑事だろうと何だろうと、俺は確かに見た。あの顔だ。あの男が俺の親父とおふくろを……殺した…」

睨みつけるように秦野に告げる。秦野は顔を顰め、ありえないと首を振る。

「事件が起きたのは…時効が訪れたなら十六、七年前くらいか…？　幸田先輩は現職の刑事だった頃じゃないか。そんなことをするはずがない、何かの間違いだ」

「間違いとか、どうしてだとか、そんなもの俺には関係ない」

冷たい声を出して、清涼は顔を歪めて笑った。

「そもそも、もう時効は過ぎているんだ。俺は別にあの男を捕まえたいわけじゃない」

ぎょっとした顔で秦野が目を見開く。

「司法なんかクソだ、俺だ、俺が落とし前をつける――あの男に、死ぬよりつらい目に遭わせてやる」

ぎらぎらした目で清涼が吐き捨てると、厳しい顔で秦野が腕を掴み、大きく首を振った。

「やめろ、何をするつもりだか知らないが――」

「あんたとは、ここまでだ」

秦野の腕を振り解き、清涼は乾いた声でそっけなく告げた。

幸田を教えてくれたことには感謝している。これで長年わずらっていた自分の頭の隅にあった膿《うみ》を治せる。だがそれだけだ。幸田をかばう以上、秦野とはもうつき合いを続ける気はなかった。

「俺はどんな手を使っても、あの男に復讐《ふくしゅう》する。もう二度と俺に関わるな。俺を止める気なら、あんたにも痛い目に遭ってもらうぞ。俺はあんたの一番弱い部分を知っているんだ、邪魔する気なら本気で排除する」

秦野の目を見つめ、冷酷な一言を放った。秦野が邪魔するなら本当に悪質な手を使うつもりだった。

清涼の目が本気だと悟ったのか、秦野は青ざめた顔で黙りこくっていた。

少しずつ周囲は明るくなっている。遠くから電車の音も聞こえる。

清涼は別れの言葉を告げずに、秦野に背を向けた。

自宅に戻り風呂《ふろ》に入った後、ベッドで再び眠った。あれだけ眠っていたにも関わらず、よく眠った。精神だけでなく肉体もおかしくなっているみたいだ。三時にようやく目が覚めて、遅いランチを食べに『迷い道』へ顔を出した。

「あれっ、久しぶりですね。清涼さん」

テーブル席はほぼ埋まっていたので、カウンター席に腰を下ろした。北野は忙しげに店内を歩き回っている。テーブル席を埋めているのはほとんど女の子で、人待ち顔で奥をちらちら見ている。清涼が注文したサンドイッチが運ばれてきたのは十五分くらいしてからだ。

「いやぁ、黒薔薇さんのおかげで店忙しくなっちゃって。あ、言い忘れてましたけどオーナー奥にいますよ」

北野は張り切っている様子だ。閑古鳥が鳴いていた時は店内の清掃しかできなかったので、客が入って嬉しいのだろう。そういえば以前から北野の淹れてくれたコーヒーは美味いと思っていた。きっかけは黒薔薇かもしれないが、持続しているのは北野のおかげもきっとある。

サンドイッチを平らげると、清涼は奥の部屋に顔を出した。

「塚本、入るぞ」

声をかけ、奥の部屋に進む。狭い室内で塚本はベッドに寝転がり、経済新聞を読んでいる。会わない間にゲーム熱は冷めたのか、清涼がベッドに腰を下ろすと顔を上げた。

「よう、久しぶり」

「ああ。……今日もいるのか？　下に」

黒薔薇がベッドの下にいるような気がして、小声で塚本に尋ねる。

「三時半から営業開始だから、それまでこもっていたいんだとさ」

何でもないことのように塚本が頷き、ふっとサングラスを指で押し上げた。

「いつもより声に張りがないな。何かあったか？」

目敏《めざと》い塚本に聞かれ、清涼は苦笑して壁にもたれた。そんな違いに気づくくらいなら、清涼の能力など必要ないのに。

「……花吹雪先輩の魔法が解けた」

清涼のその言葉で何が起きたか察したらしく、塚本は新聞を閉じてあぐらを掻いた。

「相手の素性は分かってるのか」

「ああ…現職の刑事だ」

塚本がじっと清涼を見つめてくる。

「厄介だな。細かく作戦を練らなければならない」

まるで事務作業でもこなすみたいに塚本に言われ、清涼は苦笑して膝を抱えた。花吹雪と再会した後、お前の秘密はこの男に託したと言われたことがあった。花吹雪の人を見る目は確かだ。

「手伝ってくれるのか」

「もちろんだ。花吹雪にも頼まれてるしな」

塚本のいつもと変わらぬ態度を見て、つくづく変わった男だと感心した。復讐を止めるどころか手助けまでしてくれる。正論を振りかざす人間は苦手だ。世界が違うとしか思えない。自分という人間を振り返ってみても、こういった塚本みたいな相手といるほうが居心地よかった。今までどうして気の合わない秦野といたのか分からない。

「黒薔薇はすげぇな」

歪んだ笑いを浮かべ、清涼は目を伏せた。

「確かにあの男は運命の相手だった。あいつのおかげで犯人に会うことができたんだから」

清涼が低く呟くと、塚本が話し始めるのを待つように黙り込んだ。何となく気が向いて、今まで話さなかった秦野との話を聞かせた。もう自分の中では終わったと思った話だから、気楽に話すことができた。この先秦野と会うこともないだろう。秦野がやってくることがあっても、つき合いを続ける気はない。

「ふうん…。どうなのかな、黒薔薇さん。ちょっと占ってよ」

清涼の話を聞き終え、塚本がベッドの下に向けて声をかける。まるでその問いかけを待っていたかのように、ベッドの下から白い腕がにょっきり出てきた。

「魔術師の逆位置が出ております。よくないカードです」

厳かな声が響き、清涼は眉間にしわを寄せて腕を組んだ。

「何だよ、それ。どういう意味」

清涼の不満げな声に反応したのかどうか、ベッドの下からずりずりと黒い衣装を身にまとった女性が這い出てきた。ベッドの下は埃がすごいのか、黒い服は汚れている。

「頑《かたく》なな意思を感じます。周囲の人の話をよく聞き、慎重に行動されますよう。占いは指針でしかありません。選択するのはご本人さま、どうぞ先走った行動は禁物に」

両手を組み合わせ、黒薔薇が呟く。鷹揚《おうよう》に頷いて、清涼はベッドに寝転がった。

どうやってあの男に復讐するか。まずは素性を細かく調べ上げなければ。

「忙しくなるな」

塚本の声に、静かに決意を固めていた。

予約を取った客以外の新規を断り、清涼は幸田について調べ始めた。この仕事をするようになって、さまざまな顧客と知り合い、情報収集が楽になった。興信所に勤める佐川《さがわ》に幸田刑事に関する情報を求めると、半月ほどでかなりくわしい情報をもらえた。

幸田実《みのる》。五十一歳。高校卒業後に警察学校に入り、交番勤務から刑事へ昇進している。周囲からの信頼も厚く、家庭環境も問題はない。近所関係も良好で、まさに非の打ち所のない男だ。特別な性癖でもあればつけいる隙《すき》があったのだが、それもない。幸田と接触をもつには何かアプローチ方法を考えなければならないだろう。

幸田に関する情報で一番興味を惹《ひ》かれたのが、以前住んでいた場所だった。幸田は子どもの頃、奈良《なら》県に住んでいた。奈良県は清涼の家があった場所で、幸田の住んでいた居住区と事件があった現場とはそれほど離れた場所ではない。幸田は事件が起きた十六年前にはすでに結婚して上京しているが、土地勘があったという証拠になる。

問題はどうやって幸田を陥れるかということだ。幸田は現在自宅のローンも払い終え、借金している様子はない。趣味である釣りに月に一度出かける程度で、遠出もあまりしない。子どもは二人とも就職していて、長男のほうは父と同じ道を歩んでいる。尊敬している表れだろう。

一つだけ面白いことがあるとすれば、幸田の兄弟に関する話だ。

幸田には時々金の無心にくる弟がいる。弟の毅《たけし》は五年前の交通事故で右足の自由がきかなくなり、自宅療養をしている。事故自体は示談にし、事故を起こした相手からかなりの慰謝料をもらった。毅は親の遺産と示談金で悠々自適な生活を送っている。幸田のところに金の無心にくる必要はないのに、何故か金をせびりにくるという。

まるで脅迫しているかのように。

つけ入る隙があるとすれば、ここしかないと清涼は思った。金に汚い弟なんて、かっこうの餌だ。どうやって弟から兄へと、負の連鎖が及ぼせるか。あるいはこの弟は何か秘密を握っていて、兄を脅迫しているかもしれない。

「まずは弟を無一文にする」

塚本と屋台で酒を飲み、考えている内容を明かした。十年以上世話になっている屋台引きのどぶろくさんは、清涼と塚本がどんな話をしていても眉一つ動かさずおでんを煮ている。二人がくると必ず他の客を断ってくれるのもポイントだ。昔かたぎの痩《や》せた白髪の爺《じい》さんで、最初に飲みにきた時から「どぶろくと呼んでください」と言っていた。

「弟を丸裸にすれば、必ず兄貴のところに駆け込む。もともと奥さんのほうは弟にいい感情を抱いていない。家庭環境が悪くなるのは予想できる」

「ねちねちいたぶるってことだな」

熱燗《あつかん》を傾けて塚本が頷く。

「最初はな。親父、がんもとハンペン」

「はいよ」

清涼の注文にどぶろくが頷いて皿にがんもとハンペンを取り分ける。四月とはいえまだ夜になると肌寒く、屋台のおでんから沸き立つ湯気はいい感じだった。熱燗で気持ちよくなっているせいもあるかもしれない。

「美味《おい》しかったよ、ごちそうさん」

一時間ほど屋台で話し込んだ後、塚本が財布から金を出し、どぶろくに手渡した。塚本はいつもどぶろくに釣りはいい、と告げて五万円払っている。実質五千円にも満たない勘定だが、塚本はどぶろくのおでんに対して敬意を払っているのだそうだ。

たまには寄っていくか、と告げて清涼は塚本と一緒に自宅に向かった。もう桜のいい時季は過ぎていて、地面に落ちた花びらは汚れて見る影もない。葉の出始めた桜並木を歩き、清涼は自宅の前に人影があるのに気づいて足を止めた。

「あ……」

ほろ酔い気分だったものが完全に抜け落ちた。

自宅の裏口の前に秦野が立っていた。薄いグレーのコートを着て、仕事帰りなのだろう、疲れた顔をしていた。一瞬回れ右して避けようと思ったが、それより先に塚本が「あれか？」と秦野を指差した。

「お前の運命の相手って」

興味深げに秦野に向かって歩き出す塚本を止めることはできなかった。仕方なく渋い顔で塚本の後ろについて行くと、秦野が顔を上げホッとした顔を見せた。

「悪い、ちょっと話がしたいんだが…」

秦野は塚本にちらりと目を向け、困ったような顔を見せた。

「どうも、清涼の友人で塚本といいます」

止める間もなく塚本が自己紹介をして、右手を差し出す。サングラスにドレッドヘア、迷彩服という怪しい男に、秦野も面食らった顔で右手を出した。

「あ…どうも、秦野です」

握手する二人を見て呆然としていると、塚本がどうぞと促した。

「コーヒーでも淹れますよ」

塚本は勝手なことを言い出して階段を上っていく。秦野は清涼と塚本を交互に見てどうしようか悩んだが、清涼の顔が引きつっているのを見て、追い返される予感がしたのだろう、さっさと塚本に従って階段を上り始めた。

秦野を入れる気はなかったし、話す気もなかった。だからもし顔を見せたら追い払おうと思っていたのに、これではまったく意味がない。しかも止めたくても、ここは実質塚本のビルなのだ。清涼には止める権利はない。

「清涼、鍵」

むすっとした顔をしている清涼に手を差し出し、塚本がドアの前で立ち止まる。仕方なく清涼は鍵を差し込み、二人を招いた。

暗い室内に明かりを灯し、リビングに二人を通した。塚本はともかく、清涼は秦野をもてなす気はなかったので、どっかりとソファに腰を下ろして足を組んだ。

「秦野さん、コーヒーはブラック?」

居心地悪そうに秦野が清涼の隣に腰を下ろし、塚本は勝手知ったるという顔でキッチンでコーヒーを淹れ始めた。

「あ、はい。そうです」

秦野は塚本が気になる様子で落ち着かない。その顔を見ていると無性に腹が立ち、清涼はポケットから煙草を取り出そうとした。

「この部屋、禁煙じゃなかったのか?」

灰皿を探している途中で塚本に突っ込まれ、清涼は眉間にしわを寄せて煙草の箱を握りつぶした。すっかり忘れていた。

「……何しにきたんだよ。もうくるな、つったろ」

コーヒーメーカーがゴポゴポと音を立てる中、清涼はため息を吐いて秦野に告げた。秦野がきただけでも苛立つのに、塚本が家に上げたことでさらに動揺していた。スマートに別れるつもりなのに、ぐだぐだになっている。

「俺はこないなんて言ってない」

怒った声で切り返されて、場の空気がぴんと張り詰めた。

「俺はお邪魔か？」

三人分のコーヒーを淹れて塚本が運んでくる。塚本がいることによって張り詰めた空気が緩和されるのは、いいことなのか、悪いことなのか。

「秦野、もう帰れよ。お前がいたらやりづらい。塚本、こいつ刑事だから愛想まく必要ないぞ」

「ああ、刑事さんなんだ？　なるほど、例の幸田を教えたのは彼だものね」

塚本の口から幸田の名前が出たことで、秦野は塚本も内情をよく知っていると判断したらしい。その顔には複雑な表情が浮かんでいる。

「まだ幸田先輩に復讐しようと思ってるのか？」

このままでは追い返されそうだと思ったせいか、秦野がずばりと切り出してくる。コーヒーに口をつけ、清涼はあっさりと頷いた。

「当たり前だ」

清涼の答えに秦野は目を伏せ、苦しげな顔になった。おそらくあれからずっと悩んでいたに違いない。深く考え込んでいる表情には、憂いがある。

「……お前に言われて、俺も先輩のことを調べてみた」

続いて飛び出した言葉には、清涼は驚きを隠せなかった。まさか秦野がそんな真似をするとは思っていなかった。幸田の肩を持つことはあっても、清涼の言葉を信じ、調査をするなんて。

「多分…お前の事件のことも…。この記事、お前だろう…?」

秦野がバッグからファイルを取り出し、スクラップされた記事を開く。見出しですぐに自分の家族が殺された事件だと知り、とっさに顔を背けた。

「先輩はこの事件が起きた時、もう今の署にいた。アリバイまでは分からないが、遠く離れた奈良まで行って事件を起こすとは思えない」

淡々と刑事らしい口調で秦野が話し始め、清涼は顔を背けたまま眉間にしわを寄せた。塚本は興味深げに秦野の話を聞いている。

「先輩には一つ下の弟がいる」

言いよどんだ声で秦野が呟き、塚本は腕を組んで目を細めた。

「幸田先輩と、顔がよく似ているらしいんだ」

秦野の声にやっと清涼も顔を向け、組んでいた足を崩した。

「顔が似ている…？」

「ああ。事件当時、弟も東京に住んでいたが、幸田先輩たちは子どもの頃奈良に住んでいたから、見知らぬ土地だったわけではない。……俺は、どうしてもあの幸田先輩が押し込み強盗をしたなんて、信じられない。もしかしたら先輩じゃなくて、弟のほうだったんじゃないか、と考えているんだ」

秦野の申し出に清涼は驚き、塚本を振り返った。塚本は面白そうな顔で頷く。

「なるほどね。まったくないって線じゃないな。弟に関してはやばそうな事実も出てるしね。どう思う？　清涼」

「どうって…、分からない。どっちが犯人だろうと、どうでもいい。俺の計画じゃ二人とも地獄に落ちてもらう予定だし」

動揺したまま答えたせいか、塚本がくくくっと笑って肩を揺すった。

「そりゃそうか。でも真犯人に聞きたいんだろ？　どうしてあんなことをしたのか」

塚本の声にハッとして清涼は唇を噛んだ。

塚本の言うとおりだ。最終的にどうするかは決めていないが、犯人に会ったらどうしてあんなことをしたのか問い質《ただ》したかった。父も母も恨みを買う人物ではなかった。そんな問いなら事件に遭ってから、何百回、何千回とくり返してきた。どうして、父だったのか。母でなければならない理由は何だったのか、あの家を選んだ理由は何なのか。

「そういうふうに言い出すってことは、秦野さんは協力したいの？」

ふいに明るい口調になって塚本が秦野に問うた。秦野はどきりとした顔で下を向き、身体を強張らせた。

「時効を迎えた事件だから警察に任せろとは言えないが…俺は警察の人間だ。法を犯す真似をする奴を見過ごすことはできない。だけど……」

秦野が思い切ったように清涼を見つめ、しっかりした声で告げた。

「清涼が苦しんでいるのを見るのは嫌だ。俺にできることがあるなら、助けたい。ただ、頼むから命を奪うような行為はやめてくれ」

じっと見つめられ、清涼はどきりとして息を呑んだ。秦野にそんなことを言われるとは思っていなかった。融通のきかない男だから、頭ごなしにやめろと反対されると思っていた。

「……俺は、命は平等だと思っている」

大きく息を吐き出し、清涼はコーヒーカップを両手で包み、静かな決意を以《もっ》て言った。

「一つの命に対して、一つの命だ。犯人が謝れば罪を許せるかと聞かれれば、答えはノーだ。俺は犯人が死ななきゃ納得いかない。二人殺したなら、二度死んでもらう。言っておくが、俺は人殺しなんかしない。犯人が自殺したくなるような環境に追い込むだけだ。それでも、お前はこんな考え理解できないだろう？　だからもうお前とは終わりだ、と言ったんだ」

理解されるとは思っていなかったが、本心を打ち明けた。秦野は案の定絶望的な顔になり、それでも何か道はないかと必死に探している。無駄な行為だ。これほど分かりやすく分かれている道を一つにしようとするのが間違いだ。

「清涼、悪い癖だな」

静まり返った場を崩したのは塚本だった。飲み終えたコーヒーカップをローテーブルに置き、口元を歪めて笑う。

「他者を受け入れない、お前の悪い癖だ。せっかく運命の相手に出会ったんだ、様子見くらいしても罰は当たらないだろ」

「運命じゃないって言ってるだろ」

塚本が何を言い出すのか分からなくて、清涼は顔を顰めて文句をつけた。秦野は何を言っているのか分からないといった顔をしている。

「お前はいつもあれは駄目、これは駄目、と切り捨てる。そのほうが楽でいいと思ってる。だが俺みたいに何でも受け入れてみろ。世界が変わるぞ。この刑事さんのこともな、切り捨てて終わりにするんじゃなくて、ひとまず様子見してみろ。とりあえずな、犯人が兄か弟か確かめてみればいいだろ。お前にはそれができる。そしてそれにはこの刑事さんが必要なんじゃないか？」

「え…？　必要？」

懇々と塚本に言われ、驚いて目を丸くした。

「そうだ。幸田って刑事の記憶を探ればいい。この刑事に頼んでな。ほら、そう考えるとここで秦野さん切っちまうのはもったいないだろ。利用価値がある、そう思えばいい」

利用価値と言われ、秦野の顔が渋くなる。だが塚本の言うとおりだ。確かに幸田ともう一度コンタクトを取るには、秦野の存在が必要だ。

「というわけで、秦野さんは幸田と清涼が会えるよう、もう一度セッティングしてください。秦野さんだって真実を知りたいんでしょ？　それは構いませんよね？」

「あ、ああ…それはもちろん」

次々に決まっていく話に呑まれた形で秦野が了承した。

「よし、決まり。それじゃ俺はもう帰るよ。二人のことは二人で話せばいい」

「ちょっと待て、こいつも連れて帰れよ」

腰を浮かしかけた塚本に、気色ばんで清涼は訴えた。

「秦野さんと帰ってもいいけど、お前のことあれこれ聞きまくるかもしんねーぞ。いいのか？」

ニヤニヤして塚本に言われ、それは嫌だと清涼も唸った。

「じゃあな、お先」

コーヒーカップをシンクに片づけ、塚本が出て行った。

塚本が出て行くと、室内は急に静まり返り居心地の悪さを覚えた。もう二度と会わないと思っていただけに、内心複雑な思いだった。秦野が自分の後を追いかけ、真実を探ろうとしている。それを喜んでいるのか厭《いと》っているのか、清涼にも分からなかった。

「……清涼って本名じゃなかったんだな。円城寺大輝《えんじょうじだいき》…これがお前の本名なんだろ？」

沈黙を破るように、ぼそりと秦野が呟いた。十六年前の事件とはいえデータが残っていたのだろう。まさか秦野があの事件の記事を調べ当てるとは思わずにいたから、うかつにもヒントを出しすぎた。

「清涼はペンネームみたいなもんだ」

もう一杯コーヒーを淹れようと思い、清涼は立ち上がりキッチンへ向かった。お前も飲むか、と聞くとまだ飲み終わってないくせに秦野は頷く。

「円城寺大輝ってかっこいい名前だろ？　でも呼ぶなよ、その名前は俺の中で封印してる。何もかも終わったら…戻るつもりだ」

コーヒーメーカーにコーヒー豆をセットし、ペットボトルの水を注ぎ込む。スイッチを入れると音を立てていい香りが漂う。

「叔母に養子として引き取られ、守屋大輝になった。その後この仕事するんで守屋清涼って名乗ってる。叔母は余生をオーストラリアで過ごすっつって海外逃亡しちまったから、今じゃ俺を本名で呼ぶ奴なんていない」

気にしていない、と示すように清涼は笑ってその話をした。大輝と呼ぶのはきっと花吹雪先輩くらいだろう。その花吹雪はもう長い間顔を見ていない。

「……お前の父親の名前が清《きよし》…。母親の名前が涼子《りょうこ》…。復讐心を忘れないために清涼と名乗っていたのか？」

二杯目のコーヒーを持って行くと、重苦しい顔で秦野が尋ねてきた。

「お前の中で俺はずいぶん格が上がったもんだな。最初は詐欺ヤローみたいな目で見てたくせに」

真面目な顔つきをする秦野にからかうような言葉を投げかけた。秦野はムッとした顔でマグカップを受け取る。

「……お前の背中の傷…」

ぼそりと秦野が呟いた。

「事故って言ってたけど、本当は犯人に刺された傷だったんだな…」

秦野の言葉に苛々が募る。自分じゃ背中なんて見えないから秦野に言われるまで気にしたことはなかった。胸の傷はきれいに消えたのに、背中は残ったなんて、嫌がらせにもほどがある。

「……お前さ、俺が好きとか言ってたけど」

秦野とは微妙に間を空け、煽るように見すえる。

「あの時、俺のこと何も知らなかったろ？　結局顔が好みなだけだってんなら、他当たれよ。正直言って今はあの男に復讐すること以外考えられない。お前の存在は邪魔なだけだ」

「邪魔なら、なおのことつきまとう」

断固とした言い方で秦野が反論してくる。わずかに清涼が苛立った顔を見せると、秦野はマグカップをテーブルに置いて身を乗り出した。

「俺はやっぱりお前に法を犯すような真似はしてほしくない。だからといって幸田先輩が殺人をしていたというなら、それも見過ごせない。お前は復讐する気満々らしいけど、きっと他に手はあると思う。俺はそれを探す」

あくまで真っ当な意見をぶつけてくる秦野には、苛立ちしか湧かなかった。邪魔な奴だ。塚本が何故こんな奴を捕まえておけというのか分からない。最初から気が合わないと思っていた。今はどうして身体の関係を持ってしまったのか謎だ。

「あっそ、好きにしろよ。俺は俺でやらせてもらう」

秦野の真っ直《まっす》ぐな視線から目を背け、清涼は無言でマグカップに口をつけた。

「それ飲んだら帰れよ。もうお前とは、しない。これはマジだぜ」

冷たい声できっぱりと言い切ると、秦野は顔を顰めたが何も言わずにコーヒーを飲み、出て行った。てっきり何か反論してくると思ったので、それは拍子抜けだった。

秦野が帰ると、室内は急に寂しく感じられた。胸にもやもやした思いが残る。秦野が黙って帰ったことに腹を立てているのだと気づき、自分の身勝手な気持ちにうんざりした。秦野から求められたかったのか、と考えるだけで嫌気がさす。

残りのコーヒーを飲み干し、秦野が飲んでいたマグカップに目をやった。コーヒーはきれいに飲み終わっている。何故自分は二杯目のコーヒーを淹れたのだろう。

(あいつのことを考えるのはやめよう)

空のマグカップをシンクに運び、清涼は軽く首を振って浴室に向かった。

・

驚いたことに二日後に秦野から電話があり、幸田と一緒に飲みに行く約束を取りつけたからお前もこいと言われた。そんなに迅速に行動するとは思っていなかったので、清涼のほうが戸惑った。週末に会う約束を了承したものの、時間が経つにつれ自分が憂鬱な気分になっていくのに気づき、動揺した。

幸田に会って、記憶を探れるのは大きなチャンスだ。幸田が犯人なら何故清涼の家を狙ったのかも分かるし、もし違っていたとしたらメインターゲットを弟にすることもできる。それが分かっていながら、なかなか心は晴れなかった。

落ち着かない日々が過ぎ、清涼は金曜の夜に指定された飲み屋へ向かった。ともかく会う以上は幸田の記憶を探って真実を得なければならない。

指定された店は駅からほど近い場所にある大衆居酒屋だった。店の前で幸田と秦野が何か話しながら待っているのが見え、どきりと大きく鼓動が鳴った。幸田の顔を見ると平常心を失いそうになる。冷静にならなければならない。いつものように。

「すみません、待たせてしまいましたか？　守屋です」

深呼吸をした後に笑顔をつくり、清涼は二人に声をかけた。我ながらぎこちない笑顔だったが、幸田は前回倒れたせいだと思ってくれた。

「どうも、どうも。この間は大変でしたね」

幸田が心配そうな顔を見せる。清涼はこの前は体調が悪かったと詫び、ご足労かけてすみませんと何度も頭を下げた。にこやかに幸田は応対し、中へ入ろうと促してくる。

予約していた奥の個室に入り、酒を頼み、一息ついたところで名刺を渡した。心理学者という触れ込みで会ってもらっているので、名刺も偽造してある。

「えらい先生なんですなぁ。秦野から聞いておりますよ」

難しいことは分からない、と言いたげな顔で幸田が笑う。他愛もない話をしながら観察したが、確かに幸田は刑事にしては愛想もよく、何も知らなければ親しみがもてる人物だった。喋り方も柔らかいし、とても無罪の男に自白を強要したとは思えない。

これは少し飲ませる必要があると考え、清涼は幸田と話しながら酒をどんどん注いだ。日本酒を冷やで頼み、今日は私がおごりますよと請け合う。幸田は最初遠慮したが、経費として落とせるからと告げると安心して頼み始めた。

「やはりたくさんの犯罪者と接していると、いろいろ問題も起きるのでしょうね。そういえばこの前被験者としてお会いした羽根田容疑者は…」

だいぶ酔いも回った頃、清涼はさりげなく幸田の肩に手をおき、仕事の話に誘導した。いきなり十六年前の事件の話をしても不審がられると思い、気になっていた羽根田の話から探りを入れた。何故幸田が無実の羽根田に自白を強要したのか、引っかかっていた。

「ああ羽根田ですか…」

羽根田の名前を出すとそれまで陽気に酒を飲んでいた幸田の顔が曇った。同時に脳裏に奇妙な映像が浮かんできて、清涼は面食らった。とぎれとぎれに暗がりの中、幸田が麻袋を縛っている姿が飛び込んでくる。それはまるでフラッシュバックのように羽根田を通して清涼に伝わった。

意味が分からず神経を集中させて映像を読み解く。

誰かがこれを使えというように、細長い紐を手渡してきた。車の中で喧嘩している。助手席にいた男が幸田の首に手をかける。

「……っ」

映像が切り替わり、人けのない空き地に大きな麻袋を投げ込む姿が見え、清涼は思わずくらりとき
て目元を押さえた。

——死体を遺棄したのは、この男だ。

衝撃的な事実にぶち当たり、とっさに声が出なくなっていた。自白を強要した理由が分かった。罪
をかぶせるためだ。自分の罪を隠蔽《いんぺい》するために、羽根田を生贄《いけにえ》にした。

「羽根田のような…男は…、計画的な殺人をする傾向にはないと思われたんですが、どうなんですか
ね？　そういえば被害者の身元は判明したんですか？」

内心の煮えたぎる思いは無理に押し込め、清涼はなおも幸田に問いかけた。犯人はこの男なのだと
したら、何か失敗を犯していないか知りたかった。

「なかなか特定できていないようです…。年間失踪者《しっそうしゃ》は何万人といる…、人が一人消えても分からな
いのは悲しいことですなぁ」

酔った顔で幸田が呟いた。

あまり触れているのも不自然なので多くは探れなかったが、幸田が被害者を殺害している様子は出
てこなかった。死体遺棄している現場の記憶と、羽根田を問い詰めている様子、そして弟らしき男と

諍いを起こしている映像だけが確認できた。

秦野が弟を調べるべきだと言っていたが、あながち間違いでもないかもしれない。幸田は誰かの罪を隠すために死体遺棄を手伝った。やたらと弟と口論している映像が浮かんでくるのは、幸田がそれに囚《とら》われているせいだ。

「幸田さんのように立派な刑事さんがたくさんいれば、日本は平和ですね」

笑顔で幸田の肩に手を置き、新しい酒を注文した。幸田は徐々に酔いつぶれ、しまいにはテーブルに突っ伏して眠り始めてしまった。煙草に火をつけ、清涼はちらりと秦野を見た。秦野は今日、相槌《あいづち》を打つくらいでほとんど会話には参加していない。ただじっと幸田を見つめ、不安げに顔を曇らせていた。

「もう酔いつぶれちまって駄目だな。幸田さんの家はここから近いのか？」

清涼が煙草をふかしながら聞くと、秦野が頷く。

「一駅隣だからタクシーを呼んでくる」

秦野は渋い顔のまま立ち上がり、店員を捕まえてタクシーを頼んだ。清涼と秦野は酔って足元もおぼつかない幸田を店の外まで運んで、五分後、現れたタクシーに押し込めた。タクシー代を握らせて送り出した後、清涼と秦野は部屋に戻って冷たい水を飲み干した。

「お前の尊敬する先輩が、死体を埋めたみたいだぜ」

水で頭が醒《さ》めたところで、確認した事実を告げた。秦野は幸田が死体遺棄した事実にかなりショックを受けた様子で、見るからに青ざめていた。羽根田という容疑者を確定するために役立った紐に関しては、幸田は手渡されて使っただけで関知していないようだった。まさかそこから容疑者を割り出されるとは幸田も思っていなかったに違いない。紐の成分を探り当てた鑑識の人間と話しながら動揺しているのが分かった。どこにでもある紐――そう思っていたものが、特殊な紐だった。羽根田という前科のある人間が工場に勤めていたのはもっけの幸いだ。自白を強要し、犯人に仕立て上げればいいと考えた。ただし紐からは羽根田の指紋は検出されていない。自白だけで立件は可能だったのか。

「お前の言うとおり、犯人は弟かもな。でも弟の罪を隠すために、頼りになる優しい先輩はいろいろあくどいことをやってるみたいだ。身内に犯罪者がいる気分はどんなもんだよ」

二本目の煙草に火をつけ、清涼は乱れた心を隠すためにも秦野に煽るような発言をした。幸田の記憶を覗き、精神が不安定になっていた。幸田の中に十六年前の記憶を見出《みいだ》すことはできなかったが、新しい犯罪を見つけ、気持ちがささくれだっていた。変な話だが、こんなふうに真実など探らずに、最初の予定通り幸田兄弟を苦しめる策を実行すればよかったと思っていた。

見たくないものを見させられて、心が腐る。

こんなくどい手を使わずに、幸田の酒に一服盛って救急車で運ばれるような目に遭わせたほうがすっきりした。

「平気で遺体埋める男が、無実の男に自白を迫るんだ。怖いねぇ。お前の人を見る目ってどうなってんだ」

秦野の答えが得られないこともあって、苛々するあまり秦野を傷つけるような言葉しか出てこなくなっていた。すると耐えかねたのかいきなりどん、と秦野がテーブルを拳で叩きつけ、睨みつけてきた。

「もういい、それ以上言うな!!」

大声で怒鳴られ、テーブルの上の皿が音を立てた。一瞬だけ秦野の気迫に呑まれたが、すぐに腹立たしい気持ちのほうが高まって睨み返した。

「事実を言ってるだけだろ？　だから警察は嫌いなんだ。腐った組織だよ、こんな嘘一つ見抜けないで偉そうな顔しやがって。だから税金泥棒だって言われる――」

「もういいって言ってるだろう!?」

清涼の声を遮り、秦野が憤ったように肩を押してきた。その勢いに押され、畳の上に引っくり返ってしまった。その際にいくつかの皿を落としたおかげで派手な音が外にまで響いた。入り口のところに店員が駆けつけ「大丈夫ですか!?　お客様」と不審げに声をかけてくる。

「何でもない、大丈夫です」

慌てて清涼が声を返すと、気になった様子ながらも店員は部屋には入ってこず、黙って去っていった。秦野は自分の行為を恥じたように清涼の身体を起こし、残っていたグラスの酒を呷《あお》った。

「……先輩が罪を犯したなら、償わせる。自首するよう説得してみる」

頭を抱え込み呟く秦野に、清涼は吸いかけの煙草を灰皿に押しつけ、鼻で笑った。

「できねぇよ、お前には」

「やる。俺だって先輩が間違ったことをしたなら、見過ごせない」

意地を張ったように呻く秦野を見ていると、少しだけ気分が落ち着いてきた。自分はもしかしたら秦野を傷つけたかったのかもしれない。この乱れる心を鎮めるために、秦野をへこましたかったのか。

「お前が正義感をもって説得しようと、返り討ちにあうだけだ。……自首を勧めたいなら、証拠を探してからにしろよ。何かを隠蔽しようとする人間は、それを暴かれる危険に陥る時、むしろそれを隠すために嘘を上塗りする傾向にある。…悪いことをしてすぐに認めるような素直な人間じゃないってことだ。お前がどこから知ったか分からないような真実をぶつけたって、しらばくれるだけだぜ。最悪、ぶっ殺される」

「幸田先輩はそんなこと…」

言いかけた言葉を呑み込み、秦野はがりがりと頭を掻いてため息を吐いた。

「先輩は…お前の事件の時も、隠蔽行為をしたのだろうか…」

やるせない声で秦野が呻き、清涼も黙って酒を呷った。当時幸田は東京にいたはずだが、はっきりしたことは分からない。現場に手を加えた可能性はあったのか。なにしろかなり前の事件だ。今さら捜査しても新しい事実が出るとは思えない。

「ショックだ…、先輩を信じたかったのに…」

苦しげな声で秦野が告げ、両手で顔を覆った。これ以上秦野の辛気くさい面を拝む気になれなくて、清涼は伝票を手にとり立ち上がった。幸田につき合って飲みすぎたせいか、若干足元に酔いが回っている。

「もう帰るぞ、腐ってる暇はない」

秦野の返事を待たずにジャケットを羽織り、個室から出て行く。会計を済ませ店の外に出ると、遅れて出てきた秦野がポケットから財布を取り出してきた。

「半分持つ」

「いいよ、今日は俺のおごりだって言っただろ」

秦野の顔を見ると、清涼と同じくらい悪酔いしているようだった。互いに黙って駅に向かって歩き出す。繁華街を抜け、駅に辿り着くと耐えかねたように秦野が切り出した。

「お前……どうする気なんだ？　さすがに俺も先輩の弟とコンタクトはとれない」

ホームで電車を待ちながら秦野に問われ、清涼は煙草を取り出しかけて禁煙だったのを思い出して、懐にしまった。最近どこもかしこも禁煙ムードで腹が立つ。

「無茶するつもりじゃないだろうな」

意外に強い口調で言われ、清涼は戸惑って秦野を振り返った。ホームには残業帰りの会社員や、大学生の集団がひしめいている。コンパ帰りなのか学生たちは騒がしい。

「俺のことは、もうどうでもいいだろ。放っておけよ。お前は一人で打ちひしがれていればいいだろ」

投げやりな口調で答え、ちょうどホームに入ってきた電車に乗り込もうとした。

「心配なんだ」

ストレートな言い方で秦野が去ろうとする清涼の腕を捕らえる。引き止められて清涼は驚いた顔を向け、その腕を振り払った。

「……早く帰って寝ろ。ひどい顔してる」

秦野に背を向け、電車に乗り込んだ。秦野は反対方向の電車だから、その場に留まっている。もしかしたら追いかけてくるのではないかと考えたが、秦野はホームから動かなかった。秦野も自分が心乱れているのを理解している。これ以上話したってろくなことにならないことも。

動き出した電車に安堵して、清涼は入り口付近に立ち止まり、ぼんやりと電車の窓から外の景色を見送った。

早く帰ってシャワーを浴びたかった。先ほどから軽い頭痛を覚える。飲みすぎたせいか、考えがまとまらない。落ち着いて一人になり、これからどうするか決めたかった。

車内に乗り込んだ学生たちが騒がしくて、余計に頭が痛くなってくる。清涼は喧騒から逃れるように車両を移動した。


翌朝、自宅のベッドで目覚めるとだいぶ気分は落ち着いていた。

二日酔いもないし、頭痛も消えた。苛立ちを鎮めるために煙草を吸いすぎたのが原因かもしれない。けれど身体の調子はよくても、精神的には快調とは言いがたかった。朝食をとっていても憂鬱な気分だし、胸の辺りにもやもやしたものが残っていて、気づくと爪《つめ》を噛んでいたりするくらい苛立っていた。

おかしな話だ、と考え、清涼は熱いコーヒーを淹れた。

両親の仇《かたき》である幸田を見つけた時は、積年の恨みが晴らせると思って、もっと意気込んでいた。それが秦野が間に入り、もっとよく相手を見極めろと言い出した頃から、気分が沈んできた。自分でもよく分からないのだが、すぐに苛々するし、何をしていても浮上できない。

(しっかりしろ、こんな気持ちでどうする)

気分が落ち着かないのは、無為に時間をつぶしている気がするせいかもしれない。さっさと敵と接触し、手を打つべきではないか。

ともすれば重苦しくなる気持ちにけりをつけるため、清涼は身支度を整えると自宅を飛び出した。

まっすぐ千葉《ちば》にある幸田の弟の家に向かった。住所はとっくに調べがついていたが、今まで直接出向いたことはなかった。訪問販売のふりをして、まずは弟の毅に接触しようと考えていた。一見儲《もう》かりそうな、マルチ商法に嵌めるつもりだった。スーツにネクタイという格好でメガネをかけ、偽の名刺も作ってある。シナリオは塚本と一緒に作ってあったから、あとは上手く誘導するだけだ。

電車とバスを乗り継いで毅の家に着き、清涼は晴れない心を持て余したままチャイムを押した。返答はなかった。何度か押してみたが、留守なようで誰も出てこない。

肩透かしを食らった気分で清涼は毅の自宅をぐるりと見渡した。二階建ての少々年季の入った一戸建てだった。小さな庭もあるが手入れはされていない。窓にも洗濯物などは干されていないし、人がいるのかどうか不明だ。

毅はここに一人で住んでいるはずだ。調べによると週に一度ハウスキーパーがやってきて掃除や洗濯をしているらしい。清涼はひとまず今日は帰ろうと決めて駅への道を戻った。

五分も歩いた頃だろうか。道の向こうから車椅子の男と、それを押す中年の女性が近づくのが見えた。

ふっと顔を上げたとたん——戦慄《せんりつ》を覚えた。

身体中の毛が逆立つというか、全身が恐ろしさに一瞬凍りついたのが分かった。どうして足を止められずにいたのか分からない。おそらくすれ違う男に気づかれたくないという一心だったのだろう。清涼はロボットにでもなった気分でぎくしゃくと両手両足を動かし、車椅子の男とすれ違った。

すれ違いざまに、わずかに目が合った。

清涼はどっと身体中から汗が湧き出るのに気づき、まだ昼間で暖かいというのに全身に鳥肌を立てた。車椅子の男は、まるで暗闇《くらやみ》を覗き込んだような、得体の知れないよどんだ目つきをしていた。

あの男だ、間違いない。頭の中で叫び、逃げるように駅へ向かった。鼓動が早鐘のように鳴っている。自分がぶるぶる震えているのを、駅に着くまで気づかなかった。雑多な人ごみと、もうあの男はいないのだという安心感を得るまで、薄氷を渡っているかのような心地だった。

ずっと自分が憂鬱な気持ちになっていた理由がやっと分かった。

恐ろしかったのだ。

あの男にもう一度会うのが恐ろしかった。何てことだ。あの日刃物を振りかざした、あの男の目を見たとたん、中学生の自分に戻ってしまったようだ。部屋の隅に布団をかぶって震えていた子どもの時分に。

相手は車椅子を使っていて、自分よりも立場は弱いというのに、どうしようもなく怖くて怖くて逃げ出すだけで精一杯だった。

憎くてたまらない相手なのに、憎しみよりも恐怖が勝ってしまった。

（死ね、死ね、俺なんて死んじまえ――）

あまりにも情けない自分自身に絶望し、清涼は髪をかき乱しひたすら己を罵倒《ばとう》した。足の震えが止まらない。自分はこんなにも弱い人間だったのか。

「畜生!!」

思い切り大声で叫ぶと、切符売り場にいた人々が驚いた顔で注目してきた。清涼は逃げるように改札を抜け、自宅へ戻った。


自宅に戻り、浴びるように酒を飲み続けた。

買い置きの酒がなくなるとなじみのスナックへ行き、追い出されるまで居座って酒をくらった。酒に逃げないと、おそろしいまでの自己嫌悪で気が狂いそうになった。自分が弱かったと認めたくなくて、ひたすら酒を呷り続ける。

嫌なことがあって酒に逃げるのは愚の骨頂だ。酒は余計に記憶を留め、精神だけでなく肉体まで破壊していく。それが分かっていても、恐怖に支配された心は酒を求めた。

あれほど憎い相手が目の前にいたのに。

殺したいほど恨んでいた相手だというのに、拳さえ振り上げることができなかった。まるで小さな子どもに返ってしまったみたいに、震えるしかなかった。情けなくて、自分に腹が立って、亡くなった両親に申し訳なくて、清涼の心はボロボロだ。

「おい、大丈夫か？　お前」

塚本の経営するバー『マリリン』に二日居座って飲み続けると、連絡が入ったのか塚本がやってきて呆れた顔をした。寝起きからまた焼酎を飲み始めていた清涼は、どろんとした目つきで塚本を眺め、カウンターに突っ伏した。

あれから一週間、酒びたりの生活を送っていた。早く急性アルコール中毒にでもなればいいのに、頑丈な身体はなかなか音を上げない。

「あー…、うー…」

喋るのも億劫で酒瓶を抱えながら目だけ向けた。火照った頬をカウンターテーブルに押しつけると気持ちいい。

「いくら何でも飲みすぎだってママから言われたぞ。ほら、もう帰ろう。立てるか？」

塚本に腕を引っ張られたが、動きたくなくてその手を振り払った。まだ飲める。意識がなくなるまで飲みたい。

「しょーがねーな。ほら、行くぞ」

振り払おうとする清涼の腕を引っ張り、塚本が背中に清涼を担ぎ上げた。重そうに足元をよろめかせ、塚本がママに声をかける。

「そんじゃこいつ連れて帰るから」

「よかったわぁ、オーナーにきてもらえて。よろしくねっ、さすがに清涼ちゃん飲みすぎよ」

カウンターにいるママが安堵した声で手を振る。

「まら飲むぅ…」

まだ飲んでいたくて、清涼はろれつのまわらない声で抵抗したが、塚本は清涼を担いだまま店を出た。ビルの階段を下り、繁華街を背負われて歩く。塚本とは大して体格に差がないから、さすがに大変そうだった。

「お前な、何があったか知らんが、少しは助けを求めるとかしてもいいいんじゃないのか？　そういうとこ本当に意固地だよな」

繁華街を抜け、橋の辺りまでくると塚本が呆れた声で告げてきた。夜風が頬に冷たくて心地いい。

清涼は橋の下に流れるどぶ川を眺め、酒臭い息を吐いた。

「塚本ー、俺を橋から落としてくれー。俺はもう死にてー」

酔った頭で大声で叫んだ。塚本はちらりとどぶ川を見下ろし、ため息を吐いて歩き続ける。

「こんな浅い川じゃ死ねるわけないだろ。ったく酔っ払いが。こんな汚い川に落ちたら、くさくてたまらんわ」

「俺には似合いだー」

甲高い声で塚本にしがみつきながら大声を上げた。自宅に運ばれる道の途中でも大声で歌ったり叫んだりしていると、しまいには道路に下ろされて思い切り頬をげんこつで殴られた。酔っているので大して痛くはなかったが、地面に伸びたらそれ以上起き上がれなくなってしまった。

次に気がついた時には、もう自分の家のソファに横たわっていて、何故か頬に冷たいタオルがのっていた。

「起きたか」

キッチンから顔を出し、塚本が湯気の立ったスープを運んでくる。記憶が飛んでいて、どうして塚本が家にいるのか覚えていなかった。ぼんやりした頭で起き上がり、清涼は強烈な痛みに呻いた。

「いって、いてて、何これ。すっげぇ腫《は》れてる」

口を動かすと激痛が走ったので慌てて鏡を覗き、びっくりした。左の頬が腫れている。しかも口の中は切れてるし、美しい顔はひどいありさまだ。

「お前があんまりうるさいんで、黙らせたんだ。ほら、飲めよ。俺特製、野菜スープだ。ありとあらゆる野菜をトマトスープで煮込んでいる。三日分は作ってあるから残さず飲めよ。お前、つまみも食

わずひたすら飲んでたらしいな。無茶な飲み方するってママも呆れてたぞ」

スープ皿にたっぷりと野菜スープが入っている。いらないと言いたかったが、匂いを嗅《か》いだらひどく美味しそうで気づいたら口にしていた。口の中が切れていいて温かいスープは痛い。けれどこんなに美味しいスープは初めてだ。

「犯人と接触でもしたのか？」

スープを貪る清涼を眺め、塚本が尋ねる。清涼の顔が青ざめると、小さく鼻で笑って隣に腰を下ろしてきた。

「そんなこったろうと思って秦野さん、呼んであるから。そろそろくると思う」

「秦野!?　何で、そんな勝手な!!」

思いがけない名前が出てきて、思わず顔を歪めて怒鳴ってしまう。とたんに顎が痛くなり、顔を顰めた。

「俺とじゃ、ずるずる弱くなっていっちまうだろ。秦野さん、いたほうが奮起すんじゃないの？」

「俺は会いたくない」

塚本に見抜かれているのを知り動揺したとたん、チャイムが鳴った。待て、と止めたかったが塚本はさっさと玄関に行き秦野を家に招いてしまった。

会いたくなかった顔だ。特にこんなふうに弱っているところを見られたくない相手だ。

「ここずっと連絡が取れなかったから心配した…、その顔何だ？」

秦野は仕事帰りなのか紺の背広を着ている。清涼の姿を見てホッとした顔をしたが、その頬が腫れているのを見て不安に顔を曇らせた。

「今こいつ自暴自棄になってるところだから、修正してやってください」

秦野の肩を軽く叩いて塚本がソファの背にかけていたパーカーを羽織る。

「じゃ、俺は忙しいんでまた」

サングラスを指で押し上げ、塚本がさっさと部屋を去っていく。清涼はやけになって持っていたスープを飲み干すと、突っ立ったままの秦野を見上げた。

「何か用かよ」

いまいましげに秦野を見上げ、毒づく。秦野は戸惑った顔で清涼の隣に腰を下ろすと、そっと清涼の頬に触れてきた。

「いってぇ、何すんだ、てめぇ」

秦野の指に過敏な態度を取ってしまう。今はまだ触られるだけでも相当痛い。

「これ、まさか幸田先輩の弟にやられたのか!?」

秦野は血相を変えて清涼を凝視する。そんな状態にすらなれなかった自分を恥じ、清涼は「うるせぇ!!」と怒鳴り返した。

「俺にそんな度胸あるわけないだろ!! 俺みたいな弱虫ヤローは…クソ、死んじまったほうがいい、俺なんか…、最悪だ」

自分で言って余計に自己嫌悪に陥り、清涼は濡れタオルを頬に押し当て、うなだれた。秦野は意味が分からないようだったが、頬の怪我は犯人との格闘ではないと分かったせいか緊張を弛めた。

「やけになってるってどうしたんだ、一体? それにしても酒臭いな。お前がアル中一歩手前まで飲み続けてるって塚本さんが心配してたぞ」

「俺なんか死ねばいいんだ。俺みたいなチキンは…そのほうがエコだ。生きてる資格もない、駄目な人間だ…、お前銃は持ってないのか? 俺を撃ち殺してくれ」

「今日はずいぶんとネガティブだな」

びっくりした顔で秦野が身を引き、ためらった顔でバッグから書類を取り出してきた。

「あれから調べたんだ…幸田先輩のこと」

ファイルされた資料を目の前に突き出されたが、とても読む気になれず清涼は顔を覆った。こんな状態では何を聞いても反応できるとは思えなかった。

「見ないのか?」

動かない清涼を見て、秦野が戸惑った声を上げた。

「秦野――俺をめちゃくちゃにしてくれ」

悲痛な声で告げると、秦野が息を呑む。これ以上秦野とまともな会話を交わす自信がなくて、清涼は挑むような目で秦野ににじり寄った。

「最初にやったようにレイプしてくれよ。ぐちゃぐちゃに踏み潰されたい気分なんだ、お前ができないって言うなら、このまま二丁目でも行って、男漁《あさ》ってくる」

「何言ってるんだ？　お前」

切羽詰まった顔で迫る清涼に、秦野は呆然とした。すぐに行動に移らない秦野に苛立ちが湧き、清涼は秦野の胸倉を摑んだ。

「やれよ！　やれっつってんだろ、このインポ野郎!!」

「何を言っているか分からない、一体どうしちまったんだお前」

焦った顔で秦野が清涼の手首を摑み、なだめようとする。四の五の言わずに犯せ、と怒鳴ると、秦野が眉間にしわを寄せて黙り込む。一瞬だけ秦野の忘れたい過去をほじくり返して、煽ってみようかと考えたが、すんでのところでそれはやめることができた。秦野と喋っていると、余計に頭に血が上りそうだ。

「もういい、ハッテン場でも行ってやられまくってくる」

やけになって叫びソファから立ち上がると、即座に秦野が腕を伸ばして体重を乗せてきた。ソファに押し倒され、大きな身体の下敷きになる。

「……何があったんだ?」

身動きが取れないように身体を押さえつけられ、秦野が心配げに問いかけてきた。純粋に相手を労《いたわ》るその眼差しに癇癪《かんしゃく》を起こし、清涼は秦野の股間を蹴り上げた。痛みに秦野は呻き、清涼を押さえつけていた手を解く。

「やれっつってんだろ、てめーはいちいちうるせぇんだよ!!」

馬鹿にした目つきで叫ぶと、秦野が痛みをこらえて顔を上げ、清涼の身体を再び押し倒してきた。

「この…っ、お望み通りやりゃあいいんだろ、やめてくれって泣いて許しを請うてもやめないからな」

むしり取るようにシャツが脱がされる。乱暴な手つきで秦野に圧し掛かられ、心の隅で安堵していた。今は何もかもを忘れたかった。酒がセックスに変わるだけだ。大して変わりはない。

「ん…」

貪るように秦野が口づけてくる。熱い吐息に触れ、人肌の重みが身体にかかってくる。

強く抱きしめてくる腕の熱さに、少しだけ動揺して泣きたくなった。酒と変わりはないと思っていたのに、心が揺さぶられそうだ。

「お前が…心配なんだよ…。何で分からない…」

キスの合間に囁かれ、つい顔を背けてしまった。秦野の思いがけない愛情を感じ、目を合わせられなくなる。こんな自分に優しくしないでほしいのに。

「るせー…、早く入れろ…」

吐き捨てるように告げ、腕で顔を覆った。秦野の腕に力がこもるのを感じ、清涼は固く目を閉じた。


身体の奥深くに大きくて熱いモノが入ってきて、清涼は苦しくて呻いた。久しぶりのせいもあって、秦野の大きさに痛みを感じる。けれど今はもっと痛めつけてほしかった。だから馴らさないで入れていいと言ったのに、秦野は無理やり清涼を押さえつけて指である程度馴らしてから入れてきた。

もっとめちゃくちゃに犯されたかった。ボロ雑巾《ぞうきん》になるくらい、ひどい言葉を投げられて、責められたかった。今の秦野がそんなことをするはずないと分かっていても、自分という情けない人間を罰してほしくて、無理な注文をした。

「……飲みすぎだ、勃たないじゃないか…」

後ろから抱え込むようにして繋がってきた秦野が、萎えたままの性器を握って熱い吐息をかぶせてきた。ソファの上で苦しげな息を吐いていた清涼は、首を振って乱れた髪をかき上げた。清涼はシャツしか身にまとっておらず、そのシャツも全開されほとんど裸同然だった。反対に秦野はズボンをくつろげただけで、まだ背広も脱いでいない。

性急に繋がることを望んだ清涼が、初めて秦野のベルトを外し、口で愛撫を加えた。男の性器を、しかもまだシャワーも浴びていないモノを口にするのは内心嫌だったが、そうしなければ秦野がなかなか行動に移さなかったので仕方なかった。

秦野は清涼が性器を口に銜えると、一気に熱くなった。それからはもう興奮した様子で清涼を押し倒し、裸にして尻の穴を弄ってきた。

「う…っ、く…」

怒張した秦野の性器を押し込められた時は、圧迫感を覚え身体が勝手に逃げてしまったが、無理に腰を動かすと、秦野が耐えかねたように奥まで入れてきた。勃起しなかった理由は多分飲みすぎたせいだろう。扱いても反応しない清涼に、秦野は呆れ顔だった。

「いいから…、足腰立たなくなるまでやってくれよ…」

苦しげに息を吐きながら訴えると、秦野はあきらめた顔で清涼の身体を揺さぶり始めた。最初は苦しかったが、秦野の大きさに慣れてくるとそれも薄らいでいく。勃起こそしなかったものの、徐々に中を穿たれて気持ちよくなっていた。

「はぁ…っ、はぁ…っ」

荒く息をこぼし、秦野を煽るように腰を動かす。

秦野は一度目はあまり保たずに、すぐに中で達してしまった。早い、と文句を言うと、乱暴な手つきで清涼の身体を仰向けにし、まだ勃起したままの性器を突き立ててくる。二度目はかなり長い間中を掻き乱された。半勃ち状態だったのに、声が抑えられなくて、甲高い声を上げっぱなしにしたくらいだ。

結局その日清涼は、一度も射精することなく行為の最中に意識を失った。

ぬるま湯の中にずっと浸かっているような、ぼんやりとした感覚のまま睡魔に襲われた。

翌朝目覚めた時には、まだその心地良さを引きずっていたので、背後に重なっている肌の重みに何が起きているか分からなかった。

「起きたか」

耳朶を甘く噛まれて、秦野が囁く。

いつの間にかベッドにいて、秦野と抱き合っていた。かなり飲んだ後遺症か、秦野とどうして抱き合っているのか思い出せずにいた。思い出したのは、秦野が尻のはざまに入れた指をぐりぐりと動かしたからだ。

「ひ…っ、や…っ」

秦野の指が出し入れされ、尻のはざまからどろどろとした液が流れているのを感じた。同時に昨夜秦野にセックスを強要した記憶が蘇った。けれどすべて夢うつつのできごとのようだ。何しろひどく酔っていて、感覚もあいまいだ。

「酒、抜けたのか…？　今日は、反応がいい」

三本もの指を埋め込み、秦野が背中から清涼を抱きしめ、嬉しそうな声を出す。いつから身体を弄られていたのか知らないが、清涼の性器は硬く反り返り、蜜を垂らしている。互いに全裸で絡み合っていて、腰に当たる秦野の性器はガチガチだ。

「あ、あ…あ…っ」

まだぼうっとした頭で起き上がろうとしたが、秦野の腕に腰を引き寄せられ、背後から熱く猛ったモノをずぶずぶと埋め込まれてしまった。そこは昨夜の名残かまだ弛んでいて、中には秦野が注ぎ込んだ精液が残っていた。

「あ…っ、く…ぅ、はぁ…っ、この馬鹿…っ」

音を立てて中まで性器を突っ込まれ、息を乱して秦野を罵《ののし》った。

「勝手に…すんな…っ、あ…っ」

昨夜自分が求めたのはおぼろげに覚えているが、今朝になって目が覚めてみると、明るい日の光の中で秦野と抱き合っているのが無性に恥ずかしくてたまらなくなっていた。昨夜の自分は頭がおかしかった。よりによって秦野にすがるなんて、ありえない話だ。

「何だよ…足腰立たなくなるまでしろって言ったの、お前だろ」

熱い息を耳朶に吹きかけ、秦野がくいっと腰を動かしてくる。とたんに甘い痺れが全身に走り、清涼は焦ってシーツを乱した。

「ば…っ、うご、くな…ぁ…っ、あっ、あっ」

ぐちゅぐちゅと腰を揺さぶられ、甲高い声がこぼれてしまう。それに気をよくしたのか、秦野は清涼の乳首を弄りながら、断続的に奥を揺さぶってきた。

「やっ、あっ、あっ、あぅ…っ、う…っ」

どういうわけか痛みはまるでなく、秦野が穿つたびに爪先がぴんと張るくらい気持ちよくてたまらなかった。熱くて硬いモノで奥を擦られると、あられもない声が飛び出てしまう。

「はぁ…っ、はぁ…っ、あ…っ、は、ふぅ…っ」

秦野は焦らすようにゆっくりと出し入れを始め、清涼の上半身を撫で回す。奥を揺さぶられるのも乳首を指先で摘まれるのも、秦野の荒い息が耳朶にかかるのも、全部気持ちよくてぼうっとした。頭の芯が痺れるようだ。もっと突いてほしい。

「すげぇ感じてるな…、ほらここぐちゃぐちゃだ…」

腰を揺らしながら秦野が清涼の濡れた性器を撫でる。秦野の言ったとおり、そこは我慢汁があふれ、ひどいことになっている。

「もうイきそうだな…？　これ、中でイけるんじゃないか…？」

性器を握りながら秦野に囁かれ、かぁっと顔が熱くなった。ゲイじゃないのに、中を突かれて達してしまうなんてしたくない。強烈な羞恥心に駆られ、清涼は腰を引き抜こうとした。

「逃げるなよ、このままイってみろ」

秦野は逃げようとした清涼の腰を引き寄せ、かき回すように動かしてきた。女みたいな喘ぎ声が出そうで、清涼は我慢しきれずに自分の性器に手をかけ、扱き上げようとした。

「ほら、もっと我慢しろよ」

目敏く秦野に見つけられ、両腕を拘束される。横たわったまま両腕を摑まれ、奥を揺さぶられた。

秦野は動きづらいと言いたげに律動を時々止める。それが余計に焦らされるみたいで、清涼を翻弄《ほんろう》した。

「やりづれぇ…、もっと奥…が、いいんだろ…?」

息を乱し、ぐっ、ぐっ、と秦野が深い奥を穿つ。そうされると太ももが震えるほど好《よ》くて、清涼は顔を仰け反らせた。

「も…やだ、イきた…」

はぁはぁと喘ぎ、振り返って潤んだ目で訴える。間近で目が合うと、中にいる秦野の性器がぐんと質量を増した。秦野は興奮した息を吐き、清涼の頰を舐めてくる。

「イけるだろ…このまま、ほら…。中すげぇひくついてる…」

濡れた音を立てて秦野が腰を突き上げてくる。奥を突かれるたびに清涼は甘く呻き、激しく胸を上下させた。中への刺激だけでイきたくないという男としての矜持《きょうじ》があるのに快楽はどんどん深まっている。

「あぅ…っ、は…っ、あ、あ…っ」

秦野の言葉どおり銜え込んでいる秦野のモノを、自分がきゅうきゅうと締めつけているのが分かる。突き上げられて、呼吸が乱れる。

「ああ…、お前の中、気持ちよすぎる…っ」

焦れたように秦野が呻き、拘束していた清涼の手を放した。秦野はすぐさま清涼の片方の足を抱え上げ、身を起こして覆い被さってきた。

「ひ…っ、あ…っ」

耐え切れなくなったのを示すように、秦野が清涼の腰を抱え、激しく突き上げてきた。一転してめちゃくちゃに中を穿たれ、清涼はシーツを乱して嬌声を発した。

「や、あ…っ、あぁ…っ、ひ、あ…っ」

根元まで埋め込むようにして、秦野は奥を乱暴にかき回していく。それがたまらないほどに感じて、清涼は甘ったるい声を上げまくった。

「だ、め、だ…っ、出る…っ、あ…っ」

肉を打つ音が響き、聴覚でも刺激された。もう我慢することは無理で、秦野に中を突かれながら思いきり射精してしまった。

「ひ、あ、あ、あ…ッ」

白濁した液が勢いよく飛び出し、胸にまでかかる。

「あ、う、う…っ」

清涼が絶頂に達したのを見て、秦野はさらに興奮した様子で腰を突き上げ、清涼の性器を無理に扱いてきた。最後の一滴まで搾り取るように手を動かされ、どろりとした液があふれてくる。

「う、くぅ…っ」

中を揺さぶる動きがピークになった頃、獣みたいに息を荒げ、秦野が根元深くまで性器を埋め込んできた。奥がじわっと熱くなり、射精されたのが分かり、腰が震える。

身体の奥で秦野が息づいている。

「はー…っ、はー…っ」

全身を震わせて息を吐き、秦野が性器をずるりと抜き取る。どろっとした液体が尻を汚し、清涼は呼吸を乱しながらうつぶせになった。まだ中に秦野がいる感じがする。それくらい中が熱くなっていた。

「俺が出したのが垂れてきてるな…、ほらもう太ももまでどろどろだ…」

息が落ち着いてくると、秦野は清涼の尻を撫で、尻のはざまから太ももまで指で辿ってきた。そんな行為にも清涼が息を詰まらせるのを見て、愉《たの》しんでいる。

「どんな感じだ…？　中でイくのは…」

まだ荒く息を吐いている清涼に覆い被さり、秦野が耳朶を舐めながら囁いてくる。熱が冷めていくと余計に中で達してしまったのが恥ずかしくて、秦野と顔を合わせたくなかった。秦野は上半身を起こすと、シーツに顔を埋めている清涼を無理やり抱き上げ、向かい合わせにしてくる。

「な、に…」

「足腰立たなくなるまでするんだろ」

対面座位を強要され、清涼は顔を背けたまま逃げようとした。だが身体中だるくて力が入らない。秦野はそんな清涼を難なく抱き寄せ、精液を垂れ流す尻の穴へ性器を押しつけてくる。

「もういい…ってば、クソ…ッ、お前…っ、どんだけ元気なんだよ…っ」

嫌がってもぐいぐいと猛ったモノを入れられ、結合される。秦野のモノはまだ勢いを失っておらず、立ち上がって逃げようとしても下から突き上げられ、力が奪われる。

「あ、う…っ、は、ぁ…っ」

全身に力が入らなくて、ずるずると秦野に抱きついてもたれるしかできなくなっていた。秦野の膝に乗っかった状態で繋がっていると、かなり深いところまで受け入れてしまう。もう繋がった場所が変な感覚だ。

「女みたいに…中でイって…、どうだったんだ」

向かい合った秦野が上擦った声で問いかけ、乳首を指で弾いてくる。尖った乳首を指で嬲られ、ひくり、ひくりと身体が震える。

「し、らねーよ…、ぁ…っ、はぁ…っ」

両方の乳首を指でぐねぐねと愛撫され、また声が乱れていく。秦野は清涼の首や耳朶を舌で辿り、時おり歯を当てる。抱き合いすぎて身体が変になったのかもしれない。どこを触られても魚のように身体が跳ね、甘い声が飛び出てしまう。

「俺のコレ…好きだろ?」

軽く腰を揺さぶられ、甘ったるい声で囁かれた。

「す…きじゃない…、ん…っ」

首筋をきつく吸われて、中にいる秦野を締めつけてしまう。秦野は顔を背けようとする清涼の顎をとらえ、ねっとりとしたキスをしてくる。

「嘘つけ…。中でイくくらい好きなんだろ…? 今も俺のを締めつけてるじゃねぇか」

「うるさ…、ぁ…っ、大きくするな、よ…っ」

中に留まっている秦野のモノが熱くて、大して動かなくてもじわじわと快感が浸透していく。キスの合間に秦野と目が合い、思いのほか強い視線にどきりとした。

「俺は好きだよ、お前の…」

じっと目を見つめられ、動揺して清涼は目を伏せた。すると秦野は清涼の顎を上向け、無理に目を合わせてくる。

「お前も…、お前の身体も…、全部好きだ」

ふいうちのような告白に面食らい、清涼は秦野の腕を解こうとした。だが秦野はしっかりと清涼の顔を大きな手で包み込み、なおも恥ずかしい台詞を告げてくる。

「好きだよ…、すぐ喧嘩になっちまうけど…それは本当だ。お前が好きだ」

愛の告白は嬉しいというよりも恥ずかしい思いが強く、特に繋がった状態で言われて清涼は焦りを覚えた。何もしていないのに奥に銜え込んでいる秦野のモノが腰を熱くさせる。脈打っているそれは、あるだけで清涼の息を乱れさせる。

「馬鹿…か、お前。何言って…っ、う…っ」

秦野の大きな手が清涼の額にかかる髪をかき上げ、優しく頬を撫でていく。秦野は照れた顔を隠すためなのか、かぶりつくように清涼にキスをしてきた。上唇を舐められ、口内を舌で探られる。たかがキスと思っても、頭の芯が蕩けるほどに気持ちがよかった。

「お前はどうなんだ」

好きなだけ口づけた後で、清涼の身体を抱きしめ、秦野が問いかける。

「俺はお前のことなんて…」

乱れた息を吐き、秦野の肩にもたれかかった。

「じゃあ何で、俺と寝る？　二度目の行為は別にしても、その後こうやって俺に抱かれる理由なんて、本当はなかっただろ…？」

「それは……」

がっしりした腕が背中に回り、清涼はつい口ごもってしまった。秦野と行為を続けた理由。そんなもの考えたくない。

「お前はゲイじゃない…、しかも俺のコレも好きじゃないっていうなら…、抱かれる理由なんかないだろ…？」

秦野の片方の手が結合した部分に下りて、ゆっくりとなぞっていく。みっちりと隙間《すきま》なく嵌まった部分を指で辿られ、腰がひくついた。そこは秦野の出した精液でいやらしく濡れていて、触れると甘い声がこぼれた。

「お前…、俺に何を言わせたいんだ…」

こんなふうに深い部分で繋がったまますする会話じゃない。こうしている今も逃げたくて仕方ないのに、秦野は今日に限ってしつこく話を続けてくる。

「ゲイでもないお前が…どうして俺と関係を続けているのか知りたいだけだ…。もうしないって言ったくせに、めちゃくちゃにしろとか…勝手すぎるだろ、お前…」

指先が結合部分の隙間から無理に入ってきた。軽く襞を撫でられ、ずくんと腰が疼く。

「あ…っ、んう…っ、…っ」

先ほどから入れっぱなしで、ずっと秦野は動いていない。それなのに内部の熱は猛ったままで、清涼は限界を感じていた。いつのまにこんな身体になってしまったのか。秦野に奥を突いてほしくてたまらない。

「もう何でもいいから動けよ…、我慢できない…」

乱れた息で秦野の耳に囁くが、秦野は頑として動かず、そのくせ清涼の太ももの内側や腹の辺りを撫でてくる。

「俺のこと…好きだって言えよ」

請うように言われ、我知らず赤くなって身体を引き離そうとした。だが秦野の腕が腰を捉え、身動きできない。

「好きなわけ……ねーだろ、馬鹿か…っ」

間違っても秦野のように好きだなどとは言えない。勘違いも甚だしいと清涼が吐き捨てると、ムッとした顔で秦野が乳首を強く摘んできた。

「ひゃ…っ、う…っ」

「じゃあ何で俺とこうしてる…？　言わなきゃ…動かない」

摘んだ乳首を引っ張られ、息が詰まった。秦野は意地悪するように清涼の乳首を弄るが、射精を促すような熱は与えてくれなかった。長い間秦野を受け入れているせいだろうか、もう繋がった場所はたまらないほどの感覚になっている。どろどろに溶けてしまいそうだ。こうしている今も秦野の太いモノに内壁が吸いついているのが分かる。

「意地悪すんな、よ…っ、この…っ」

感度が高まってどうにもならずに、清涼は腰を揺さぶって少しでも快楽を得ようとした。もはや性器を扱くだけでは物足りないほど、中での感覚が大きくなっていた。気持ちよすぎて目は潤んでくるし、勃起している性器は濡れそぼっている。もっと腰を上下したいと思うが、全身に力が入らなくて、上手く動けない。

「馬鹿秦野…てめーなんか老衰で死ね、アホ…」

じれったくて秦野の首にしがみつきながら文句を告げた。秦野は呆れ顔で清涼の湿った背中を撫でる。

「好きくらい言ってもいいだろ…？　負けた気にでもなるのか？　何でお前は、そんなに弱みを見せるのが嫌なんだ…？」

弱み、という単語にどきりとして清涼は目を見開いた。何気なく口にした秦野の言葉が、痛いところを突いてきて言葉に詰まる。

——秦野とこんな行為を続けていた理由は、とっくに分かっていた。自分では認めたくなかったから考えないようにしていたが、本当は最初に会った時から、秦野を特別に感じていた。

「お前みたいな…強い人間には分からない…」

急に自分がとてつもなく情けなく思えて、声が震えてきた。秦野もハッとして清涼の声に耳を傾ける。

「武装するか逃げる道しか選べない…そんな俺が、強いお前に惹かれるのは当たり前なんだ…。お前にあの台詞を言われた時…、俺にはもう分かっていた」

「え…？　どういう意味だ…？」

「お前は——思い出したくない記憶も、自分の一部だと言った…」

秦野ととても目を合わせて話せずに、肩にもたれかかり心情を吐露した。こんなふうにずっと繋がっているせいで、おかしくなったのかもしれない。ふだんなら絶対に言わないことを、言える気がした。

秦野に記憶を消してやろうかと言った日、秦野はきっぱりと「これも俺の一部だからいい」と突っぱねたのだ。清涼には言えなかった。切り離したくて仕方なかった。秦野にとってはきっと、大した意味もない言葉だったのだろう。けれど清涼にとっては、大きな意味があった。

「俺は無理だった…、俺は思い出したくない記憶を消すしかなかった。俺は俺の中にあんな記憶があると認めたくない。お前のように強い心があれば…」

清涼のとぎれとぎれの言葉から、秦野はあの時の会話を思い出したらしい。ぎゅっと強く抱きしめ、大きな手で髪を乱す。

「そんなの…強いからしたわけじゃねぇし…。俺だって弱いよ、強いわけじゃない…。それに俺だって、子どもの時に聞かれたらきっと…。ああクソ、上手く言えねぇけど…、好きなんだよ、弱いところも見せてほしい」

言葉を選びながら秦野が頬や耳朶にキスを落としていく。

相手に弱い部分を見せたくない。そんなことは怖い。弱い自分を知りたくなくて、逃げ回っているくらいなのに、自分からさらけ出すなんてできない。

そう思っていた心が、秦野のキスで少しずつ解れていく。秦野が本当に自分を好きなのが分かり、頑なだった心が和らいできた。急にどうして今までこの男に構えていなければならなかったのか分からなくなった。敵か味方かという観点でしか人を見られなくなっていたのかもしれない。

「嫌いじゃない…」

それでも好きだという言葉は使う気になれなかった。精一杯の譲歩だというのを示すために、清涼は秦野の唇にキスを落とした。

「お前のことは…嫌いじゃない、それくらい分かってるんだろ…。もういいかげん動いて…、お前の太いので奥を突いてくれよ…」

秦野の耳朶に舌を這わせ、かすれた声でねだった。秦野はうっすらと頬を赤く染め、繋がったまま清涼をベッドに横たえてきた。

「あ…っ、あ、ひ…っ」

両足を抱えられ、待ち望んだ奥を秦野が突き上げてくる。急速に内部が熱くなり、腰がひくついた。

「いいのか…? ほら、ここ好きだろ…、一番奥…」

大きく足を広げられ、深い奥を硬い性器でずぶずぶと擦られる。長い間入れていたせいか、どこを擦られても感じてしまった。特に一番奥を断続的に突かれると、あられもない声が口から飛び出る。

「あぁ…っ、ひゃ、あ…っ、あっ、あう…っ」

男相手に股《また》を広げ、あられもない格好をさらしている。そう考えるだけで嗜虐的《しぎゃくてき》な気分になり、よけいに腰が熱くなった。もう中は秦野が出した精液でぐちゃぐちゃで、秦野が腰を突き出すたびに卑猥な音を立てている。

「あ、あっ、ひ、ン…ッ」

がくがくと揺さぶられ、快楽の波が迫ってきた。秦野もかなり限界だった様子で、息を荒げて清涼を突き上げてくる。内壁を粘膜で擦られると、甲高い声がひっきりなしにこぼれた。

「く、う…っ」

覆い被さってきた秦野が清涼の性器を乱暴に扱き上げてきた。引きずられるようにあっという間に快楽の波に流され、気づいたら絶頂に達していた。

「あ、あ、うああ…ッ」

深い奥に銜え込んだ秦野のモノをぎゅーっと締めつけると、秦野が呻いて中に精液をぶちまけてくる。頭がチカチカする。今まで味わったことのないような激しい絶頂に、四肢が痙攣《けいれん》し、秦野にきつく抱きつくことでしかやり過ごせなかった。

清涼は激しく胸を震わせた。圧しかかる重みと、解放感に言葉にならない。

呼吸が落ち着くまでずっと秦野のたくましい身体にしがみついていた。


さすがに昨夜から何度も求められ、冗談ではなく本当に足腰が立たなくなりそうだった。

風呂に入り、簡単な食事を摂ると、清涼はだいぶ落ち着いて秦野と話せるようになった。酒はすっかり抜けて、自分が口走った痛い記憶も蘇ってくる。いくらやけになっていたとはいえ、ハッテン場でやられてくる、なんて正気の沙汰《さた》とは思えない。あれは秦野を煽るためだったが、仮に秦野に拒否されていたら本気で実行していただろうから、間違いがなくてよかったと今さらながらに胸を撫で下ろした。

秦野が淹れてくれたコーヒーを飲みながら、昨夜秦野が持ってきてくれた資料に目を通した。コーヒーを淹れるのは塚本のほうが上手い。

「鑑識課…？」

秦野は幸田の弟が鑑識課にいた事実を突き止めていた。毅は若い頃、警察にいた——意外な事実に清涼は顔を強張らせた。鑑識課にいたということは、ある程度の捜査の基本を知っていたということだ。清涼の両親が殺された事件では、極端に証拠が少なかった。鑑識課にいたなら、犯行を行う前に捜査を攪乱《かくらん》させる方法も熟知していたかもしれない。

「羽根田を取り調べした時に、幸田先輩と同席した奴に聞いてみた…。そいつも幸田先輩の執拗《しつよう》な自白の強要に内心ひっかかっていたらしい。いくら何でもやりすぎだと思うと言っていた。それに、どうやら幸田先輩がそんなことをしたのは、羽根田だけじゃなかったみたいなんだ」

上半身裸で、ズボンを穿いただけの格好で秦野がソファに腰を下ろす。その顔は重苦しい。

「一年前にも、強引に自白を強要して、後から裁判沙汰になったのがあった。……これは仮説なんだが、もしかしたら幸田先輩の弟は……今も時々犯行をくり返しているんじゃないだろうか。だから幸田先輩はそれを揉み消すために…」

秦野の推測はありえないことではなかった。

特に毅は犯行を愉しんでいた節がある。清涼の家は金持ちというほどでもなく、盗まれた現金も大した額ではなかった。それよりも父母への執拗なまでの殺傷行為は、怨恨《えんこん》を疑われた理由になったほどだ。結局恨みを買うような人物は出てこず、それも初動捜査が遅れた原因になった。見当違いの方向を捜査していたせいだ。

「ただ車椅子の生活だと聞いた。そんな身体で犯行は可能なんだろうか」

「確かに見に行ったら車椅子だったな…どうやって犯行に及んだんだろう」

何気なく答えると、秦野の顔が険しくなった。

「会いに行ったのか、何でそんな先走った真似を――」

「後悔してるよ、あいつの目を見たとたん、ブルっちまった」

素直にそう口にして、清涼はファイルされた資料を横にのけた。秦野は黙って清涼を見つめている。

「会って分かった。俺の親を殺したのは、お前の先輩じゃない。あの毅って男だ。十年以上経ってるのに、あの目を見たら一気に時間が引き戻された。本当はあの男に近づいて、金を巻き上げようとしたんだ。でも無理だ。あいつの前だと恐怖が先に立って、ろくに喋ることもできなかった」

口に出してみると、今まで隠していたのが馬鹿らしくなるくらいふつうの感情に思えてきた。かつて自分を殺そうとした男に再会したのだ。怖くなって当たり前だ。それなのに精神だけでも相手に勝たなければといきまいていた。憎しみよりも恐怖が勝るなんて、絶対に認めたくなかった。認めてしまったら、死んだ両親に申し訳がたたないと思い込んでいた。

「何でそんな無茶をするんだ…。俺に何だかんだと言ってたけど、お前だって理想が高すぎるんじゃないか。殺人犯に会ったら怖くなるのなんて当たり前だろう。お前は民間人なんだから」

「民間人とか素で口にするなよ」

真剣に説いてくる秦野に、うんざりした顔を見せた。

「お前は嫌かもしれないけど…」

秦野はマグカップをテーブルに置き、清涼の手を握ってきた。

「俺はお前を守りたい。……仇を討ちたい気持ちは分かるけど、お前が危ない目に遭うのは嫌なんだ」

真摯《しんし》な声で囁かれ、無性に照れくさくなって目を泳がせた。セックスのしすぎで頭がおかしくなったのかもしれない。秦野にこんなことを言われて嫌じゃない。男同士で何が守りたいだ、と突っ込みを入れたいのに、口は閉じたままだ。

「先輩の弟は、今も犯行をくり返している、と俺は思う。お前は嫌かもしれないが、別の事件からそいつを捕まえて罪を償わせるんじゃ駄目か…？　俺はそうするのが一番いいと思う。そうしないと何のために警察があるのか分からない」

「正論だな」

揶揄するように答えたが、秦野の手は解かなかった。秦野にも清涼の気持ちが伝わったのだろう。そっと顔が近づき、確かめるように唇にキスをされる。

「……何だよ、じっと見つめるな」

唇が離れても、秦野は清涼を見つめたままだ。目を合わせていると妙に居心地が悪くて、ついそっけない口をきいてしまう。

「お前からもキス…しろよ」

小さな声で囁かれ、考え込んだあげく唇を近づけた。音を立ててキスをする。じゃれるように舌で秦野の唇の端を舐めると、抱き寄せられて深く唇が重なる。

「ん…、ん…」

互いに舌を絡めあい、唇を啄む。秦野の大きな手が髪を撫で、背中を辿ってくる。吐息がぶつかり、鼻にかかるような甘い声がこぼれる。

「もう…今日はしねぇぞ。さすがにだるい…」

秦野の手が妖《あや》しく腰を抱き寄せるのに気づき、小声で呟く。それは秦野も分かっているようで、小さく頷きながら清涼の身体を抱きしめてきた。

「……手伝って、くれるか？」

何を、とは言わなかったが、清涼の囁き声に秦野が目を見開いた。

「当たり前だ。必ず暴く」

決意を秘めた声に安堵して、清涼は秦野の胸にもたれかかった。大柄な秦野の胸に抱きとめられると、自分でも知らなかった感情に驚く。こんなふうに力強い腕に抱かれて心地良さを覚える日がくるとは思わなかった。女性というのはこういう安堵感にいつも浸っていたのか、うらやましい。

「まずは羽根田を助け出さないとな」

秦野の腕が離れていくのを寂しく感じながら、清涼は固く気を引き締めた。


落ち着きを取り戻し、秦野が帰った後事件について考え直してみた。

他人のことならいくらでも客観的になれるのに、いざ自分の身にさまざまなできごとが起こると感情というやっかいなものに引きずられてしまう。

けれどそうした暗い気分の中でも、秦野や塚本がいたことで救われたのは間違いない。一人で生きている気になっていた自分が恥ずかしい。とはいえ弱かった自分と向き合えたのはいい経験だった。誰かに頼るのは苦手だが、一人でいきがってもしょうがない。

そんなふうに考えを変えた頃、意外な来客が現れた。

一色が思い詰めた顔で朝も早くからビルの前に立っている。予約は取っていなかったし、今日は仕事をする気分ではなかったが、ガラスドアの前で陣取っている姿を見て仕方なく顔を出すことにした。

「一色さん、どうなさいましたか」

一色は開業時間の十二時まで待つつもりだったようで、清涼が顔を出すとあからさまにホッとした顔をした。

「す、すみません、どうしても診てほしくて…。限界なんです、今すぐ診察してください」

一色は買い物依存症になっているはずだが、以前と大して変わり映えしない地味な服装だった。正直に言えば自分の事件で頭がいっぱいで、一色ごとき小物のことなど忘れていた。何か適当な理由をつけて追い返そうか。しばらく悩んだものの、秦野の顔が脳裏を過ぎり一色を中に入れることにした。

「洋服のことで頭がいっぱいなんです、どうにかしてこれをなくせませんか？　カードも止められて、親にもさんざん言われるし、金がなくて、借金が二百万に…っ、買ったものを売ってもマイナスで」

二階の応接間のソファに座らせるなり、一色が切羽詰まった表情でまくしたててくる。一色は清涼が催眠でそれを仕込んだとは露ほども疑わず、自分の症状を訴えている。清涼はもっともらしい顔で一色の話を聞き、そうですねと顎を撫でた。

「物欲を抑える暗示をかけるのは可能ですが、別料金をいただくことになりますよ？」

清涼の言葉に一色の顔が明るくなり、身を乗り出してお願いしますと告げてきた。分かりましたと頷いて清涼は一色を奥の部屋へ案内した。以前と同じようにイスに腰掛けさせ、簡単な催眠を施していく。一度かけたせいか、一色は簡単に催眠状態に陥った。

出された指示をすべて聞く状態の一色を眺め、清涼はどうしようか考えた。

以前の清涼は善悪に関しての境目があまりなかった。父母を殺した犯人が捕まらなかったので、余計に警察にできることなど限られていると見切りをつけていた。悪事を働いた人間に会う機会があっても、本人が駄目になるよう面白半分でいたずらを仕かけるだけで、警察の手に引き合わせたことなどない。

だが秦野に会って、少しは信じてもいいのではないかと思い始めるようになった。

「私の言うことをよく聞いて…行動してください」

一色には自分のした行為についての償いが必要かもしれない。

清涼は一色の手を握り、過去の記憶を探りながら新たな暗示を施した。

捜査の進展について秦野から連絡がきたのは五月も終わりになってからだった。

　秦野の話によれば、ようやく被害者の身元が明らかになった。被害者の名前は阿木佐知子《あぎさちこ》。歌舞伎《かぶき》町《ちょう》のスナックで働いていた二十歳の女性で、主だった身寄りはない。以前からしょっちゅう欠勤していたせいで、ぷっつりと店にこなくなっても店側はまったく気にも留めていなかった。すぐに羽根田との接点を洗い出そうとしたが、関連付けるものは今のところ何も出てこない。警察は羽根田が金品と暴行目的で被害者を襲ったと決めてかかっている。

　真実を知っている秦野は、被害者と幸田の弟との接点を探すのに必死だった。そもそも今回の事件は被害者不定のまま容疑者が浮上したので、署内でも今さら被害者の怨恨関係を洗い出さなくても、という空気になっている。羽根田が自白したので、なおのこと解決ムードだ。事件は日々起きている。警察も一つの事件にかかりきりになるほど暇ではない。

　せめて被害者と幸田の弟を結ぶ線でも見つかればよかったのだが、そちらに関してもまるっきり浮かんでこない。幸田は足が悪いせいもあってあまり外出はしていない。むろんスナックに行ったこともないし、歌舞伎町すらほとんど足を踏み入れたことがないようだ。そもそも車椅子で店に現れれば記憶に残る。

　そんな中、秦野が一つだけ幸田の弟を結ぶ線を見つけてきた。

　毅は、羽根田の勤めている工場に見学にきたことがあった。ボランティア団体と共に、車椅子で現れた毅を、工場長が覚えていた。見学者は車椅子を使った男女合わせて八人とボランティアの男が一人だ。ただ彼らが隙を見て紐を盗んだというのはありえないと工場長は断言している。車椅子の人間が工場の物を盗むのは至難の業だ。人目を引くし、車椅子で移動できる場所には保管されていなかった。もしかしたら別の人間が盗んだのかもしれない。いざとなれば夜中忍び込むくらいはできたはずだ。

それよりも問題は、毅が何故被害者を襲ったかという点だ。

これについてはまったく浮かんでこなかった。金目当てというには被害者はそれほど裕福ではない。服やバッグに金をつぎ込み、住んでいるアパートもあまり高級ではなかった。

両親を襲った理由も分からなかったが、同じように彼女を襲う理由も見当たらない。

「通り魔が一番厄介なんだ」

事件のことを塚本も入れて三人で話していた時、秦野が渋い顔でぼそりと告げた。

「目撃者がいない場合、通り魔は洗い出すのが難しい。何度も近くで事件を起こしているなら別だが、理由もなく見知らぬ土地で誰かを襲ったのなら、犯人を導き出せるかどうか…。しかも今回の事件は死後一カ月以上過ぎた状態で被害者が見つかっている。現場にはまったく痕跡《こんせき》が残されていないし、被害者は何も身にまとっていなかった」

清涼の家に集まり、三人で顔をつき合わせて事件の話をした。秦野が調べてきた事実によれば、毅は月に一度幸田の家を訪問し、金をせびって帰っていく。遺産があるはずなのに、それにはあまり手をつけていない。やはり脅迫的な意味合いが強い。身内から殺人犯が出れば、幸田は刑事を続けられなくなる。おそらくその点で幸田は毅の言いなりになっているのだろう。

「本当に、歩けないのかね」

話し合っている最中に塚本が疑問に思ったのか口を開いた。清涼もその点が引っかかっていた。車椅子での犯罪は不可能ではないが、目立つしハプニングが起きた場合対処しにくい。これだけ証拠を残さずに行動している点からいっても、本当は歩けるのではないかと疑問を抱いた。

「その可能性も考えるべきだな。……俺は先輩を揺さぶろうと思ってる」

硬い表情で切り出した秦野に、清涼も塚本も目を見開いた。

「証拠が出てこない以上、揺さぶってみるしかない。先輩に真相を知っているとハッタリかまして、弟がどう出るか見極める」

「でも揺さぶる証拠もないわけでしょ」

塚本がサングラス越しに秦野を見つめて呟いた。

「下手すっと口封じとかで秦野さんが返り討ちに遭うかもしれないぜ」

「そうなれば手っ取り早い」

体力に関しては自信があるのか秦野は胸を叩いている。そんな単純な問題ではないと思い、清涼はソファにもたれた。

「その役は俺がやる」

「駄目だ」

清涼が告げたとたん、秦野が怖い顔で首を振ってきた。

「民間人にそんな危険な真似はさせられない」

「民間人…」

きっぱりと言い切る秦野の隣で塚本が仰け反っている。

「でも何でお前がそんなことを知ってるんだって話になるだろ。その点俺は記憶を探れる能力がある。隠せないと分かったら、幸田だってボロが出るはずだ」

清涼が食い下がると、秦野は苦々しい顔つきで眉を寄せ、冷めたコーヒーに口をつけた。

「俺はあまりお前の能力を知られたくない…。ともかく俺がやる。先輩に自首を勧めたいし、どうして犯罪に手を貸したのか知りたい」

幸田の言い分は分かったので、その場は頷いておいた。だが内心では不安もあった。秦野は幸田をまだ信じている様子だが、すでに幸田も犯罪者だ。どんな手を打ってくるか分からない。塚本が帰った後でもう一度話をぶり返し、せめて同席させろと告げた。

「同席か…」

秦野は浮かない顔つきだったが、一人で接するのは危険だ。幸田が口封じのために秦野に何かしないとも限らない。

「分かった、そうしよう」

考え込んだ末に秦野が了承し、週末に幸田を問い詰めることを決めた。

秦野とは一度知られたくない心情まで吐露したせいか、心許せる間柄になっていた。さらけ出した相手に受け入れてもらえるというのは、居心地のいいものだと初めて知った。以前のように憎まれ口を叩くこともあるが、傍にいるのが自然になってきている。

「最近、よく昔のことを思い出すんだ」

近くのラーメン屋に出かけた帰り道、清涼はぽつりぽつりと過去の話をするようになった。これまで他人に自分の話などした例がなかったので、誰かに語ると言うのが不思議でならなかった。塚本とは聞かれたら話すことはあるが、自分からは話さない。もしかしたら自分は秦野に聞いてほしいのだろうかと思い、内心戸惑っていた。

「俺が記憶を探れるようになったのって……死にかけた後からなんだよな」

秦野とは夜の散歩と称して土手のところを歩くことが多い。変な話だが、ただ歩いているだけでわりと楽しかった。秦野は無骨な男で、うまい世辞など言わない。それが清涼には気楽でいい。

「両親が死んだのと、突然触れた相手の記憶が見えるので、頭が混乱した。人生で一番暗かった時期だな。受験なんか当然手につかないし、毎日部屋でぼうっとしてた。引き取ってくれた叔母の手前、どうにか高校には行ったけど…結局中退してその後は転落人生」

「そうなのか？　俺はてっきりいい大学にでも行ったものと…」

「ぜんぜん。俺、相当頭悪いよ。バイトだけはさまざまなのしたから、人間観察だけは長けてるけどね。そうでなきゃあんな違法すれすれの店開くわけない。だいたい催眠術なんていって記憶消してるけど、ホントに消してるわけじゃない。かけられている相手の強い願望があって、初めて成り立ってるだけだ。見たくないものは、人間見ないでいられるもんだしな」

笑いながら告げると、秦野が真面目な顔で見つめてくる。説教されそうだと焦り、清涼は秦野に背中を向け、川の流れに視線を落とした。

「あんな事件が起きなきゃ、まともな人生送ってたんじゃねーかな…」

街灯は少なかったが、満月が煌々《こうこう》と輝いてそれほど視界は悪くなかった。時々土手を犬を連れて散歩する人が通り過ぎるだけで静かなものだ。

「ふつうに大学行って、就職して、結婚して…。それがいいことかどうか分からないけど、こんなふうにひねくれはしなかったかも」

「でも、そうしたら俺とも会ってない」

怒ったような声で秦野に言われ、意地悪な心が疼いてニヤニヤしてしまった。

「会えて嬉しいようなタマかよ。お前に会って、変な道に染まって、こっちは迷惑だっつーの」

憎まれ口を叩くと、ムッとした顔で秦野が抱き寄せてくる。こんな軽口でも秦野は流せず、真剣に悩んでしまうのを分かっているくせに、ついつい意地悪な発言をしてしまう。秦野は根が真面目だから、からかいたくて仕方ない。

「まぁでも…、悪くはないよ」

清涼の肩に腕を回す秦野の顔が、真剣に悩んでいるのを見つけ、小さな声で囁いた。

「お前とこうしているのは…悪くない」

目を細めて呟くと、秦野の表情が弛み、唇が重なる。夜とはいえ外で男同士キスをするのはいかがなものかと思いつつ、清涼は秦野の背中に腕を回してキスに応《こた》えた。

「……一色が自首してきた」

キスの合間に秦野が思い出した顔で告げた。閉じていた目をわずかに開けて清涼は皮肉っぽく笑った。

「お前が何かしたのか？　本人はよく分かってないみたいで、自白した後パニックになってた」

「さぁね」

次にストレスがかかった時には、警察に出向き過去起こした事件について語るよう暗示をかけておいた。うまくいったらしい。

「本当に素直じゃねぇな…」

苦笑して秦野が呟く。黙って秦野の唇の端を舌で舐め、再び家に向かって歩き出した。影が伸びて重なり合う。早く過去にけりをつけたかった。前に進むために。

欠けた部分がどこにもない月を見上げ、清涼は強くなりたいと願った。

幸田の家を訪問すると決めた日、清涼は久しぶりに昔の夢を見た。

あの悪夢の日の夢だ。奇妙な形で倒れている両親、床に飛び散った血痕《けっこん》、そして刃物を振りかざした犯人の顔。何故か夢の中では何もかもはっきりと見えて、真っ赤な血が脳裏に焼きついた。

汗びっしょりで悪夢から覚め、清涼は急にこれでいいのかと自問を始めた。

幸田に自首を勧め、毅を逮捕したとして、本当に気はすむのだろうか。

夢を見て思い出した。あの夜、清涼が何よりも恐ろしいと感じたのは、刃物を振りかざした毅の顔だ。よどんだ目、狂気にとりつかれた顔、そして——あの男は笑っていた。笑いながら刃物を振り下ろしてきた。

殺人を愉しんでいた。

そんな男が逮捕されたとしても、死刑にならない限り清涼は納得できない。

あの男に後悔している様子は見出せなかった。未だに犯行をくり返している男だ。狂気に取りつかれたままなのだろう。そんな悪魔にまともな対応をする必要があるのだろうか。

(俺は、どうすれば気がすむのだろう?)

長い間ぼんやりと考えていた疑問を、この期に及んで考え始めていた。

納得する日などこない——それが答えなのかもしれない。

両親が生きて戻ってこない限り、許せるはずなどないのだ。たとえ謝られても、きっと心が落ち着く日などこない。だいたい謝ったとしても、それが本心かどうかなどどうやって分かる?

あの男はたった一夜で何もかもを清涼から奪った。名前すら、奪われてしまった。

そして、根深い恐怖を与えた。

目を見ただけで震えがくるような、恐ろしいトラウマを植えつけた。

——急に電話が鳴り始めて、清涼はびくりとして飛び上がった。

嫌な考えに耽っていたせいで、神経が過敏になっている。深呼吸してから電話をとり、清涼は息を呑んだ。

「てめぇ、俺に何かしやがったのか!?」

いきなり怒声を浴びせられ、反応が遅れてしまった。声の主は——一色だった。警察に捕まっているはずの一色が何故電話をかけてくる?

「何で俺が警察に行くんだ、てめぇ変な暗示かけやがったんじゃねぇのかよ!? ふざけんな、ぶっ殺してやるからな!」

対面している時のおとなしい仮面を脱ぎ捨て、一色がキレた口調で怒鳴りつけてくる。清涼は顔を強張らせ、受話器を握りしめた。

「一色さんですか? どうなさったんですか? 警察って、何の話です?」

清涼は戸惑った口調で電話相手をいさめた。

「警察って、何か犯罪行為でもしたんですか?」

あえて何も知らないというスタンスで押し通そうと考えた。一色は直接自分に過去犯した犯罪について語ったことなどない。そう、清涼が一色の罪など知るわけない。清涼の能力を知らない限り。

落ち着いた声で清涼がなだめて何があったか聞きだそうとすると、徐々に一色の声音が落ち着いてきた。誰も知らないはずの罪を清涼が知るはずないと一色も思ったようだ。

「す…すみません…頭が混乱して…」

しばらくして一色の声音は小さくなった。優しい声で清涼が一体どうしたのかと尋ねると、一転してすがるように清涼に警察に行ってしまった話をし始める。相槌を打ちながら聞いていた清涼は、一色が親類である長官の力で一時釈放されたのを知った。

落ち着いて行動すれば大丈夫ですよ、とかろうじて告げて電話を切ったが、今度は反対に清涼の精神が崩壊しそうだった。

やっぱり正義なんて、どこにもない。

一色は犯罪行為を働いたのに、釈放された。司法なんて当てにならない。自分の力だ。自分の力でやらなければ、道は開けない。

(やっぱり駄目だ)

この手で、借りを返さなければ意味がない気がした。司法の手で、いつまでかかるか分からない捜査と裁判を待つ気になれない。

あの男より自分が強いと示さなければ、この恐怖は拭えない——。

清涼はすばやく身支度をした。まだ朝の八時で、秦野がくるまでに二時間ある。支度を終えると清涼は自宅を出て、駅近くのレンタカーで車を借りた後、塚本に電話を入れた。

『頼みがある、秦野をしばらく引き止めてくれ』

携帯電話で塚本に頼み込むと、何をする気だ、と不審がる塚本との電話を切った。塚本に話せば止められるだろう。急ぐ必要がある。

調べておいた幸田の家まで車で向かい、清涼は待ち合わせの時間より二時間も早く、幸田の自宅のチャイムを押した。

「あら、まぁ…お昼からと聞いてましたので」

玄関に出てきた幸田の細君は、優しげな顔立ちをした女性だった。予定では「大事な話がある」と告げて十二時に幸田の家に秦野とくる予定だった。二時間も早いので細君は慌てている。

「申し訳ありません。急遽予定が早まってしまって…。ご主人はおられますか？」

スーツ姿できた清涼を、細君は疑問に感じる様子もなく中に入れてくれた。すぐに奥から幸田が出てきて、清涼を見て目を丸くする。

「おや、秦野は…？」

「申し訳ありません。彼は後からきます。彼がくるまでに先にお話が…」

「ああ、そうですか。どうぞ奥へ」

幸田は一人だけ先にきた清涼に面食らっているようだ。そもそも今回訪れた理由も明かしていないのだから、余計だろう。戸惑った様子で書斎へ清涼を通す。

書斎は応接セットと本棚やデスクが置かれた落ち着いた部屋だった。木製の家具で統一され、並べられた本も専門書が多い。清涼は革張りのソファに腰を下ろし、細君がお茶を出すまで用件を切り出さなかった。

「それで今日は一体…？」

細君が出て行き、室内に二人だけになると、幸田が首をかしげて尋ねてきた。清涼は一息吐いて立ち上がり、幸田に近づいた。

「――阿木佐知子の死体を埋めたのは、あなたですね？」

幸田の肩に手を置き、単刀直入に切り出した。

「何…っ？」

一瞬動揺した顔で幸田が目を剝《む》き、眉間にしわを寄せて清涼を睨みつけてきた。

「真夜中、弟に呼び出され、死体の入ったトランクを覗いた。弟の車で発見現場である空き地へ行き、あなたは埋めるのを手伝った。袋の中身はしっかり見ていない。まさかあの紐から容疑者を引っ張り出されるとは思ってなかったみたいですね」

「何を言っているのか…」

幸田の記憶が脳裏に飛び込んできて、清涼は思いつくままにべらべらと当時の状況を語った。何を言っているのか分からない、と言いたげだった幸田の顔が強張り、清涼の腕を振り払おうとする。だがなおも執拗に幸田の腕を摑み、清涼は話を続けた。

「帰りの車中で喧嘩になった。あなたからすればまた厄介ごとが起きて、心底腹を立てていた。ところが弟のほうは反省もしないで逆ギレだ。これは…運転するあなたの首を絞めようとしたのかな、あやうく赤のミニバンに衝突しかけている」

「な…っ」

細部にわたって語り始めた清涼に、幸田の顔が真っ青になっていった。どうしてそんな事実を知っているのか、と幸田の顔が絶望的になる。

「信じようと信じまいと構いませんが、俺は人の記憶が読める」

「馬鹿な…っ」

「あなたが隠蔽しようとした事件が、阿木佐知子だけではないのも知っていますよ。そう——夏の暑い日にも、似たようなことをした。殺害現場に誰よりも早く駆けつけ、証拠を消した。足跡を消し、渡された薬品で現場を洗浄した」

清涼の言葉にぎょっとして幸田が立ち上がりかける。それを無理やりソファに押さえつけ、清涼は幸田に顔を近づけた。

「全部、弟さんがやった事件だ。あなたは尻拭《しりぬぐ》いしただけにすぎない」

真っ青な顔で凝視してくる幸田に、清涼は一転して優しげな声をかけた。

「あなたの気持ちは分かります。刑事として、父として家族を守らなければならなかった。弟が殺人犯などと世間に知れ渡ったら、破滅だ。仕事は首だし、死体遺棄を手伝った以上、自分も罪に問われる。そんなあなたに弟さんはひどい仕打ちをする…。脅されているんですね…金もせびられている、俺は捕まったって構わないんだと」

突きつけていくうちに幸田の顔から血の気が引き、完全に罪を認める顔になっていった。記憶が読めるというのを信じたかどうかは分からないが、自分の罪を知っているという事実は認識したようだ。

「あ、あんた…何者だ、何がしたいんだ…」

必死に頭の中で計算している様子で、幸田が低く呟いた。幸田の一見優しげな目が徐々にぎらぎらと光り、油断なく清涼を睨みつける。

「安心しなさい。俺は別にあなたを捕まえたいわけじゃない。そんなもの、何の得にもならない。俺がどうして秦野とこなかったのか分かりますか？　彼は正義感が強いから、あなたに自首を勧める気です。確かに今まで事件とあなたを結ぶ線がなかったから、あなたは無事でいられた。けれどすべての事件にあなたが関わっていると分かれば、捜査方針が変わる。現場から見つかった証拠からあなたのDNA鑑定をされたら？　絶対に大丈夫だと言い切れますか？　秦野はあなたに自白して罪を償ってほしいと願っています。――でも、俺は違う」

幸田を安心させるために、清涼は微笑を浮かべた。それでも幸田はまだ油断ない目つきで見ていたが、やがて思い当たったように唇を歪めた。

「金か…？」

幸田の顔に下卑た笑いが浮かぶ。安堵したような、憤りを抑え込むような複雑な表情だ。油断なく光るその目つきには、清涼が隙を見せれば殴りかかるという張り詰めたものがあった。

「金など問題ではない。幸田さん、この事実を知っているのは俺と秦野だけです。秦野は俺の言うことは聞いてくれる。俺がこの件を明るみに出ないよう頼めば頷くでしょう」

実際はどうだか分からなかったが、清涼はあえて自信を持って告げた。とたんに幸田の顔に、まだ抜け出る道はあると希望の片鱗《へんりん》が見える。

「どうしろと…？」

「たった一つのことをやってくれれば、俺はあなたを見逃して今後一切関わり合わないと約束しますよ。あなたは悪くない、ただ家庭を守ろうとしただけです。むしろ被害者だと俺は思っているくらいだ。巻き添えを食って人生を破滅されるなんて、間違っています」

清涼はわざとくり返し幸田に罪はないと説いた。幸田は何度も自分に非がないと言われ、少しずつ表情を弛めていく。

「……何をすれば…」

幸田の目を見て、清涼は小さな声で呟いた。

時間がない、早く実行に移さなければならない。清涼は今までの優しげに微笑んだ顔つきをがらりと変え、憎しみを込めて口を開いた。

「――弟を、殺せ。それで俺は、あなたの罪を見なかったことにする」

冷えた声で突きつけると、幸田が慄然《りつぜん》として全身をわななかせた。

清涼の運転する車で、毅の自宅に向かっていた。

助手席の幸田の顔は強張ったままだ。秦野がくる予定の時刻より前に家を出られたのは幸いだった。秦野という妨害を阻止できた。

「あいつは…悪魔なんだ、殺人という快楽に溺《おぼ》れている…」

幸田は苦しげな表情で毅の罪を告白している。思ったとおり、幸田は清涼が事件を明るみに出さないと約束すると、毅を殺すことを了承した。もちろんそれには、清涼が死体を遺棄すると約束した点も大きい。清涼も死体遺棄という罪をかぶるなら、余計に口外しないと確信したのだろう。むろん、内心では毅を邪魔に思っていたのもある。これ以上生きていても、毅は罪を重ねるだけだ。道義的にも消えたほうがいいと清涼がもっともらしく言うと、幸田は力を得たように頷いた。

「車椅子を使っていますが、本当は歩けるんですね?」

確認するように清涼が問うと、幸田が力なく頷く。

「そうすれば他人を欺けるから、足が悪いふりをしているだけだ。もうとっくに治っているくせにな」

「よく、これまで捕まらずにすみましたね」

「足が悪いと知ると、警察というのは躊躇するものだ。でもそれだけじゃない、毅は鑑識課にいたから、どうすれば捜査の目をくぐれるか熟知している。そもそも警察に入ったのだって、捕まらないいために先に捜査手順を知っておこうと思っていたからに違いない。子どもの頃から、あいつは近所の犬猫をこっそり殺害していた。狂ってるんだよ、悪魔だ。俺は小さい頃からあいつが何かしでかすんじゃないかと怯えていた」

すでに先ほど幸田は署に行き、拳銃《けんじゅう》を無断で所持してきた。幸田いわく、銃を使うと足がつきやすいので使うつもりはないが、万が一のことを考え威嚇用に所持したいのだそうだ。話し合った計画としては、凶器に殺の家の包丁を使うと決めていた。押し入り強盗を装うつもりだ。自宅に押し入った強盗が運悪く家人と鉢合わせして、その場にあった包丁で刺してしまった——そんな筋書きを用意した。

幸田がことをなし終えた後は、清涼が後始末をする。ビニールシートと大型のスコップ、ビニール手袋、軍手を途中の大型ショップで買い込んだ。

実の弟を殺害すると決めた当初は、幸田はかなりショックを受けている様子だった。だが時間が経つにつれ、その表情は引き締まり、まるで最初から幸田がそう決めたかのような口ぶりになってきた。幸田もいいかげん弟の後始末をするのに限界を感じていたようだ。俺が止めなければならない、と使命感を思わせる発言まで飛び出してきた。

「あいつは俺を脅していた。殺人を犯しているのはあいつなのに、俺のほうが脅されていたんだ。金がほしくなると俺のところにきて、次はどんな奴を殺そうかと持ちかけてくる。金を渡さなければまた罪を犯すといういいぐさだ。後始末を俺に手伝わせるのだって、俺は捕まってもかまわないんだという意思表示だ。信じられない、あいつには失うものが何もない」

「彼は被害者をどうやって選んでいるんですか…？　阿木佐知子との関連はないように見えましたが…」

根掘り葉掘り聞きたい欲求を抑え、清涼は興奮して毅について話す幸田に疑問を投げかけた。幸田はひたすら前を見つめ、苦々しい顔つきで笑った。

「毅が選んでいるのは場所だけだ。下調べはよくするが、被害者に関しては何の関連もない。最初に殺した一家が、それでうまくいったから味をしめてしまったんだ」

すうっと血の気が引いて、清涼はハンドルを握る手に汗を掻いた。

「つまり……被害者は運が悪かっただけ…？」

声がかすれてしまったが、幸田は気にならなかったみたいだ。何かを思い出すかのように眉を顰め、軽く頭を振る。

「そうだ、まるで怨恨かと思わせるような残虐な殺害方法をしているが、それは偽装だ。被害者に対する憎しみを感じさせるような殺し方をすれば、警察はまず被害者を恨んでいる人間を洗い出す。とんでもないよ、事実はまったく違う。偶然通りがかった家の鍵が開いていたから忍び込んで殺害した。それだけだ。最初の事件で、目撃者がいたにもかかわらず毅に捜査の手は及ばなかった。それですっかり気をよくして、毅は快楽殺人にのめり込んでいったんだ」

幸田の声がどこか遠くから聞こえる。

発作的に幸田をぶん殴りたくなったが、理性を総動員して抑えることができた。呼吸をくり返し、怒りに蓋をする。指先が冷たく強張っている。衝動を抑えなければならない。清涼は運転に集中した。

「次の信号を右に曲がってくれ」

毅の自宅が近くなり、幸田の指示が細かくなった。

内ポケットで携帯電話がずっと震えている。清涼は気づかないふりをして、アクセルを踏んだ。


毅の自宅の前に車を停《と》めると、幸田が一度降りてガレージの扉を開けた。

この家は幸田の両親が住んでいたらしく、今でも合鍵《あいかぎ》を持っているという。清涼はガレージの中で待ち、幸田が仕事を終えるのを待つ手はずになっていた。死体は幸田が一人で車のトランクまで運ぶ。家の中に清涼の痕跡を残さないためだ。幸田はよくこの家にきているので、指紋が残っていても問題はない。

車のトランクに死体を運んだ後は、清涼は幸田と分かれ、なるべく遠くの地に死体を埋めに行く。

最近殺人事件が起きてすっかり人がこなくなった雑木林があると清涼は請け合った。幸田はこれから人を殺すというので、かなり興奮しているのが見て取れた。本当にできるだろうかという懸念もあったが、やらなければ身の破滅と分かっている幸田は、やる以外道はない。もしかしたら後押しされたい気持ちもあったのかもしれない。幸田は意気込んでいる。

弟を手にかける、という恐ろしい仕事を前にして、幸田の頭には何故清涼がそんなことを言い出したのか、という疑問は抜け落ちていた。もし聞かれたら過去の事件を語ってやろうと思ったのに、結局幸田は一度もその疑問を口にしなかった。落ち着いたらさまざまな疑問を抱くのだろうが、今は目の前のことで頭がいっぱいな様子だ。

「じゃあ、行ってくる。少し時間はかかるかもしれないが…」

車を降りるまぎわ、幸田はぎらついた目でそう呟いた。ガレージに入る時も、殺の出迎えはなかった。このままガレージに隠れていられそうだ。

幸田がドアを閉めて奥に入っていくのを見届け、清涼は震える手で煙草を取り出し火をつけた。

大変なことをしているというのは分かっていた。

幸田をそそのかし、憎い男を殺そうとしている。それがどれだけ間違ったことか、清涼にはよく分かっていた。きっと秦野が知ったら、怒り狂うに違いない。最後の最後で裏切った清涼を、悲しく思うだろう。

どたん場でこれから続く長い苦しみを想像して耐え切れなくなってしまった自分を、秦野がどう思うのか考えると胸が痛かった。だが、それを見ることは叶わないかもしれない。

幸田には自分が死体を始末する、と請け合ったが、本当に遺棄する気などなかった。

幸田が首尾よく殺を始末したら、その死体を持って、直接警察に向かうつもりだ。そして自分がやった、と告げる。それで警察が真の犯人を見つければそれでいいし、そのまま清涼の罪となっても構わない。

憎い男を殺して、それで終わりにしたかった。

助けられなかった父と母への悔恨を洗い流したかった。

自分を襲いにくる殺人鬼などもうこの世から消えた、と死体をこの目で見て納得したかった。

（俺は終わりにしたい…。秦野、もう終わりにしたいんだ）

幸田の話を聞いて、もう殺から聞きたい話などなくなっていた。両親が恨まれていたのなら理由を知りたいと思っていたけれど、単なる偶然だというならもう知りたい話などない。

ふうっと口から紫煙を吐き出し、清涼は激しく鳴り響く心音に耳を澄ませた。

両親が亡くなった後からの人生を振り返り、果たして本当に自分は生きていたのだろうかと虚《むな》しく感じた。ずっと何かに囚われたような人生だった。だがそれも今日までだ。あの男が死ねば、一つの区切りがつく。この先は今まで以上に過酷な人生になるかもしれないが、それでも死んだように生きているよりはマシだ。両親を殺した男がのうのうと空気を吸い、生きているのかと考えるだけで腸《はらわた》が煮えくり返るようだった。

それも今日でおしまい。

清涼は煙草をぎりぎりまで吸い、灰皿に押しつけた。

ふと気になって携帯電話を見ると、案の定塚本からも秦野からも何件も留守電が入っていた。留守電は聞く気になれなかったが、メールだけは開いてみた。

——今から先輩の弟の家に行く。

秦野からのメールに短くそう書かれている。秦野は清涼がやろうとしていることを感付いたらしい。邪魔が入っては困る。

清涼は車からそっと降りると、人目を気にしながら庭を抜け、門の前へ向かった。もし秦野がきたら、止めなければならない。

門の前へ出た清涼は、どきりとして足をすくめた。清涼が外へ出るのとほとんど同時に、車が猛スピードで近づいてくるのが分かった。それが塚本の車だと分かり、冷や汗が出る。早すぎる。これでは本当に邪魔されてしまう。

「……っ、…っ」

家の中から何か物が倒れる音が聞こえてきた。まさに今幸田が格闘している。

焦りを覚えた清涼の前で、車が急ブレーキを踏んで停まった。すぐにドアが開き、秦野と塚本が駆けつけてくる。二人とも真剣な顔だ。

「清涼、お前一体…っ」

どうやってこの場をごまかすか、と頭を巡らせた時だ。

一発の銃声が家の中から響いてきた。びくりと震え、一瞬三人ともその場で固まってしまった。いち早く動き出したのは、やはり銃声に慣れている秦野だった。血相を変えて門を開け、鍵のかかったドアをガチャガチャと乱暴に引っ張る。

銃声が起きたというのは、予定外のできごとが起きたということだ。

「清涼!! 一体何が起きてるんだ!?」

ドアが開かないと知り、秦野が怒鳴りつける。その声にハッとして清涼は走り出した。

「こっちから中に入れる!」

もうこうなってしまっては、行くしかない。銃声は隣近所にまで響き渡っている。清涼は青ざめ、ガレージから中へ入る道を先導した。秦野と塚本も後からついてくる。

ガレージと続いている扉を開け、奥に入ると、室内は不気味なほど静まり返っていた。

「幸田さん、幸田実さん!! どこですか!?」

清涼が声を出して問いかけても答えがない。答えがないという理由は一つしかない。――銃を使ったのは幸田ではない、ということだ。

清涼の強張った顔に、秦野は何が起きたかを悟ったらしい。人差し指を唇に当て、清涼より先に立って油断なく辺りを見渡した。

土足のまま廊下を進み、リビングらしき部屋に踏み入った。人が倒れている。それが幸田だとすぐに分かり、清涼は息を呑んだ。

「幸田さん!!」

秦野が引っくり返った声を上げ、幸田に駆け寄る。腹部に焦げた痕と、血痕があった。清涼は目眩を感じ、その場に崩れそうになった。

「秦野さん!!」

崩れそうになった清涼の意識を覚醒させたのは塚本の大声だった。カーテンが風もないのに揺れ、黒い影が飛び出てきた。影は長い手を大きく前へのばした。秦野が叫び声を上げるのと、包丁が抜かれ、血が水のようにぼたぼたっと床に飛び散るのは同時だった。

秦野を長い包丁で刺した男は、あの日のように唇を吊り上げ、「正当防衛」と呟いた。

その声を聞いたとたん、かぁっと頭に血が上った。

気づいたら男に殴りかかり、柔らかい頬肉を思い切り拳で叩きつけていた。秦野が刺されたことで我を失い、ただひたすら男を殴りつけていた。焼けつくような痛みが身体のあちこちから起きたが、

気にならないくらい冷静さを欠いていた。

頭が真っ白で、ただ目の前の男をぶっ殺してやる、とだけ考えていた。

「清涼！　もういい!!」

身体を羽交い絞めにされ、聞き覚えのある声が清涼の動きを止めた頃には、男は——毅は床に伸びて顔面を腫らしていた。持っていた包丁はいつの間にかなくなり、秦野が衣服を血で汚した状態で毅の腕に手錠をかけている。頭に血が上り、自分が何をしていたのか記憶が飛んでいた。我に返ると、強烈な痛みを感じ、呻き声を上げる。

「この馬鹿、無茶しやがって。今救急車呼んだから」

毅に殴りかかっている最中に、刃物で傷つけられていたらしい。まったく覚えていないが、衣服は破れ、血が垂れている。慌てて秦野を見ると、こちらも傷を負っているが、命に別状はないようだった。

刃物を持った相手に殴りかかって軽傷ですんだのは、途中から秦野と塚本が毅を押さえつけ凶器を奪ってくれたからだろう。さしでやっていたら、今頃清涼は死んでいた。

「キレすぎだ…、こいつにブルってたんじゃなかったのかよ…」

毅の身体を拘束していた秦野が、呆れた顔で清涼を見つめてきた。確かに道ですれ違った時は、あれほど恐ろしかったのに、今はそれほどでもない。秦野を傷つけられたのが、原因だろう。恐怖よりも怒りが上回った。

「馬鹿みてぇ…、は…、はは…、つ、いった…」

恐怖を克服できた喜びに笑いが込み上げそうになったが、それよりも痛みがどんどん強くなってその場に膝をついた。塚本がキッチンにあったタオルを持ち出して清涼の腕を縛りつけてくる。自分よりも秦野を、と思ったが、秦野の傷は見た目よりも浅いようで、自分で応急処置をしている。

救急車が近づいてくる音がして、塚本がドアを開けに走っていった。秦野は幸田の首に手を当て、まだ息があると呟いている。

「後で全部話してもらうからな。勝手にした理由も」

怒った顔つきで秦野が睨みつけてくる。

「悪かったよ…、俺が悪かった」

痛みと安堵と達成感がないまぜになって、わけが分からなくなりそうだった。ヒステリックに笑い出すか、泣き出してしまいそうだ。

毅が腫れ上がった顔をさらして、気を失っている。腕が痛くてじんじんする。室内は血だらけで、駆けつけた救急隊員が息を呑んだ。

確かに何かが終わったのだ、と感じて、清涼は全身から力を抜いた。

うんざりするほどの事情聴取を終えた頃には、怪我の具合はだいぶよくなっていた。

包帯もとれ、傷もふさがってきている。事件を終えてみれば幸田の次に清涼の怪我が深く、しばらく痛みと格闘する羽目になった。

幸田は銃で撃たれたが、心臓から逸れたこともあって、大事には至らなかった。どうやら幸田の様子がおかしいと感付いた毅が、銃で威嚇してきた幸田から銃を奪い、返り討ちに遭わせたようだ。清涼は幸田をそそのかし毅を殺そうとした事実を話したが、幸田本人がそれを否定したので、罪に問われることはなかった。幸田は意外なほど素直に、今まで弟が犯した事件と、それを揉み消していた事実を自白した。

死の淵《ふち》に立たされ、自分の罪を告白する気になったようだ。いきなり過去数件の事件を掘り起こされ、署では混乱が起きたという。これまでの事件で残っていた正体不明の毛髪と毅のものが一致したこともあって、一気に騒がしくなったそうだ。

幸田は、毅に自首を勧めに行ったと話している。

おそらくこれ以上隠し立てするよりは、裁判で有利になるよう心証をよくするための措置だと思う。

弟に自首を勧めにいったが、返り討ちに遭った。幸田の決めたストーリーに清涼は逆らうのをやめ、話を合わせた。幸田は罪を犯したが、直接的な殺人には関わっていない。この上は刑を軽くするために、真実を語る必要などない。そもそも清涼が記憶を見られる、などという話は誰も信じるわけがなく、それよりはむしろ心理学者として幸田の相談に乗り、一緒に弟への自首を勧めにいったと話すほうがすっきりする。

毅は、いくつかの証拠が挙がったことで、自白を始めている。

幸田がすべて話していると知って観念したのかもしれないが、取り調べでは懺悔《ざんげ》する様子もなく平然と事件について語っているようだ。人間じゃないかもしれない、と秦野は供述を聞き、慄然としている。

すべての事件が明るみに出るには長くかかりそうだ。

六月に入り梅雨の時期が訪れ、清涼の怪我の具合もすっかりよくなっていった。しばらく紙面をにぎわしていた幸田兄弟の話も、最近では別の話題に移り変わっている。事件は終わり、憎かった犯人に一太刀浴びせることもできた。一色の事件に関しても自白を元に証拠が次々出てきて、一色は法に裁かれることになった。これに関しては秦野にさんざん怒られた。もっと信用してくれと嘆かれた。

悪事を働いた人間が捕まり、一件落着といってもいい。それなのに清涼の心の中はぽっかり穴が空いたように何の感慨もなかった。

毅を捕まえるまでは、終わったらもっと充足感に浸れると思っていたのに、現実はこれ以上ないほど空虚な日々だった。最近秦野の顔を見ない。それも理由かもしれない。

「ちーす」

いつものように『迷い道』に顔を出すと、店内はすっかり客が途絶え、閑古鳥が鳴いていた。北野はまた暇そうにカウンターを磨いている。

「暇そうだな」

「あ、清涼さん。やー、もう黒薔薇さんがいなくなっちゃってこの通りですよ」

清涼の顔を見て、北野がため息を吐く。数カ月、この店を異常に盛りたてた黒薔薇だが、その才能を見初められて、渋谷《しぶや》に一つの店を構えるまでになってしまった。去りゆく黒薔薇を塚本は引き止めることもなく、あっさりと見送った。当然別れたらしく、塚本は最近珍しく独り身だ。

「オーナーってどうして去るもの追わず、なんすかね。黒薔薇さんは引き止めてほしかったと思うんですけど。俺、ちょっと二人の会話聞いちゃってたんですよ。黒薔薇さんが渋谷に行く話をしたら、オーナーってば、あ、そう。じゃ、さよならって。それだけ、それだけなんすよ。ありえないっすよ、金持ちってそんなもんなんですかね。あっさりしちゃって」

北野のため息を聞き、そういえば塚本は確かに去るものを追わないとつくづく思った。くる者は拒まず、去る者は追わず。一見かっこいいが、北野の言うとおり引き止めてほしい場合もある。

「おう、きてたか」

奥から塚本が出てきて、シャツの隙間から手を入れて腹を掻く。今日は珍しく迷彩服ではなく、生成りのシャツだ。ふつうの服を着ていればかっこいいのに、どうしてこの男はいつも迷彩服だったのだろうか。

「北野君、美味しいコーヒー淹れて。二人分」

塚本が声をかけ、カウンターに腰を下ろす。立っていた清涼も何となくその隣に腰を下ろし、塚本と目を合わせた。

「黒薔薇さん、何で引き止めなかったんだ？　恋愛感情はなくなっても、店としては残したほうが儲かるだろ？」

頬杖をついて尋ねると、塚本がサングラス越しに笑って意外な発言をした。

「北野君のコーヒーが不味くなったから」

これには清涼だけでなく北野も驚いて目を見開いてくる。

「え、お、俺の？　って、えっ？」

「客がさばけないくらい多くなって、北野君のコーヒーの味が落ちてきたでしょ。俺がいつもここに居ついているのは何でだと思ってるの。北野君のコーヒーが美味しいからだよ」

「オ、オーナー…」

初めて知った事実に北野が呆然としている。確かにいろいろなところでコーヒーを飲むが、北野が淹れるのが一番美味い。塚本にまでそう言わせるとはあなどれない大学生だ。

「他で儲けてるから、別にここ赤出てもやっていけるしね。いいんだよ、ここはこれで。北野君のコーヒーの味が分かる人はやってくるんだし」

塚本がそう告げた時、偶然にも常連客が訪れ、いつものコーヒーを注文してきた。塚本は黒薔薇よりも北野を選んだのか。これには北野はがぜん張り切ってしまったようで浮かれた様子でせっせとコーヒーを淹れている。

「お前って時々すごいよな」

常連客のほうに向かう北野を横目で眺め、清涼は改めて呟いた。考えてみれば塚本が経営している店でトラブルが起きたことはあまりない。清涼がチェックしているせいもあるが、塚本は基本的に従業員から好かれていると思う。一見オーナーにも金持ちにも見えない塚本だが、人を率いる才能はあるのだろう。

「そういえば、お前の住んでるビルなんだが…道路拡張で立ち退《たの》きを命じられている。移りやすそうなビルをピックアップしたから、後で検討してくれ」

思い出したように言われ、清涼は「そうなんだ」と気のない返事をした。

事件が終わり、怪我がよくなっても、気が乗らずずっと仕事をしていなかった。予約を入れたがる客はいるのに、どうしても仕事をする気にならず放置している。

「何だ、気のない返事で」

「あー…、俺この仕事やめようかと思ってるんだが…」

今までぼんやりと考えていた話を清涼は口にした。立ち退きという話が出て、何故かちょうどいいという思いが芽生えていた。立ち退きは仕事をやめるいいきっかけになる。

「やめるのか。やめて何をするんだ？」

塚本は驚いた様子もなくコーヒーを飲んでいる。

「うーん、失せもの探しでもしようかな。そうだ、黒薔薇の代わりに俺雇ってくんない？　ケーキセットであなたの失くした物探しますとかさ」

「見るのが嫌になったのか？　それとも消すのが嫌になったのか？」

塚本に問われ、清涼は苦笑して頭を掻いた。さすがに塚本は清涼の深い部分を理解している。

「まぁ…お察しのとおり、だよ。他人の記憶を覗きながら、俺はどこかで事件の犯人を追ってたんだな。もう必要ないだろ。それに……どんな嫌な記憶でも、やっぱり自分の一部なんだよな…。それを消す手助けして、どうなんだって思い始めちゃって…」

「お前に助けられた人も多いと思うけどな」

「人助けがしたいわけじゃないし。それに……変な話だけど、この能力もうすぐ消える気がするんだ」

深い吐息をこぼして清涼は告げた。

最近前ほどはっきりと感じられなくなったのだ。意識を集中すれば見えるが、気を抜いているとまったく感じなくなってしまった。犯人を捕まえ、自分の中から強い感情が消えてしまったせいかもしれない。

「腑抜《ふぬ》けちまったのか。まぁいいんじゃないか？　他の仕事したけりゃ紹介するけど」

やはり塚本は去るものは追わない。あっさりと話を振ってくる塚本に少しだけ拗《す》ねて清涼は睨みつけた。

「従業員のチェック、ないと困るとか言ってくれよ。寂しいじゃないか。お前にとって俺は能力がなくなったら用済みか？」

「能力がなくてもお前とは親友だと思っていたが…？」

さらりと塚本に言われて、清涼は赤くなって身を引いた。まさか塚本の口から親友などという恥ずかしい単語が出てくるとは思わなかった。確かにつき合いは長いが、そんなふうに自分を見ていてくれたとは思ってもいなかった。

「な、何が親友だよ、恥ずかしい奴。ってかお前……俺もか？　俺もなのか？　俺も手の上で転がしてるってわけか？　そうなんだな、くそぉ、ちょっと喜んじまったぞ。つか親友ならそのサングラスとった顔見せろよ」

「これをとるとお前が俺に惚《ほ》れてしまうから駄目だ」

「ええーっ」

そんなに美形なのかと興味を持って身を乗り出すと、塚本がくくっと笑った。素顔はお目にかかったことはないが、鼻筋は通っているし本当に美形かもしれない。

「そういえば秦野さん、最近見かけないけどどうしてる？　うまくいってるのか？」

気になった顔で塚本に言われ、今日会う約束をしていると答えた。実際のところ秦野は事件の後まったく顔を見せなかったので、二人きりで会うのは一カ月ぶりだ。怪我は治ったというメールはもらっているが、何故かなかなか顔を見せにこなかった。もしかしたら浮気しているのかもしれない。触れて別の男の記憶でも思い出したら、たたき出すつもりだ。

「浮気してたら別れるから」

清涼が宣言すると塚本がおかしそうに笑ってコーヒーを飲み干した。

ちょうど風呂から上がった時にチャイムが鳴って、秦野が現れた。

仕事帰りの格好で、手には何故か駅前の店のケーキをぶら下げている。甘いものが好きだったっけ、と清涼が首をかしげると、秦野は恥ずかしそうに「今日は俺の誕生日なんだ」と告げた。

「おっ、お前、言えよ！　そういうことは、先に」

知らなかったから夕食はあまり手の込んだものではない。清涼が呆れていると、秦野はネクタイを弛め、頭を掻いた。

「もう何年も祝うことなんてなかったから…、それより風呂上がりか？　いい匂いしてる」

ケーキを冷蔵庫に入れ、夕食の支度をしていると、背後から秦野が近づいてきて、まだ湯上がりで火照った身体を抱きしめてくる。

「先、入ってくれれば？」

秦野に匂いを嗅ぐようにされて、思わず身をすくめる。秦野は音を立てて首筋の柔らかい肉を吸うと、大きな手をバスローブの裾から入れ、太ももを撫でてきた。

「先にこっち……駄目か？」

バスローブの下は何も身にまとっていなかったので、秦野の手が性器を軽く握ると、つい動きが止まってしまった。秦野は清涼の官能を引きずり出すように、優しく手でそこを揉んでくる。

「まだ髪も濡れてんのに…」

わずかに抵抗してみるが耳朶を舐められ、性器を扱かれると、息が乱れて期待に身体が熱くなった。

一カ月ほどご無沙汰だったせいで、秦野にいやらしく触られると我慢がきかない。

「ちょっと待ってろ」

秦野が何かを思い出したように清涼から身を離し、ソファの上に置かれたバッグを探っている。何かと思って見ていると、秦野は買ってきたらしいローションを手に戻ってきた。

「うーわー、ハズカシー」

いかにもなパッケージのボトルを見て仰け反ってしまう。秦野は気にした様子もなく、蓋を開け、液体を手のひらに取り出し清涼の尻になすりつけてきた。

「ちょ…マジでここでやんの？　せめてソファに…」

「ソファ、汚しそうで怖いからここで」

ぬるぬるとした液体を尻のはざまに擦りつけられ、覚えのある感触が湧き起こってきた。秦野は嫌味なほどたっぷりと液体を注ぎ込んできて、尻の穴に指を入れてくる。ローションのせいか痛みもなく指が根元まで入ってきて、清涼は息を詰めた。

「何か…垂れる…」

秦野がローションを使いすぎたため、だらりと太ももを伝って液体が足首まで流れていった。気持ち悪くて身をよじると、秦野が指を二本中へ埋め込んできた。

「ん…っ、う…っ」

入れた指を動かされて、ついシンクに手をつき前のめりになった。多分わざとだろう、ぐちゅぐちゅと音を立てられ、清涼は身をよじった。秦野が興奮した息を吐く。

「お前のケツってエロいよな…」

「馬鹿…、嬉しくねぇ…」

視姦《しかん》するようにまくり上げた下半身を見られ、恥ずかしくて息が乱れた。秦野の指で内部を探られ、ともすれば甘い声がこぼれてしまいそうになる。ふしくれだった太くて長い指が、襞を撫で、奥の気持ちよくなる場所を擦ってくる。あっという間に清涼の下腹部は硬くなり、気持ちよくて目が潤んできた。

「あう…、う…っ、ん…っ」

息が乱れ、太ももが震えてくる。秦野の指が奥を弄る音だけが室内に響くと、まるで自分が感じすぎて濡れているかのような錯覚を覚えた。秦野は清涼が感じているのを確かめると、指を三本に増やしてくる。

「すげぇ…エロいな…、もう中柔らかくなってきた…」

入れた指を中で開いて、秦野が耳朶をねっとりと舐めてくる。ふっくらした部分を軽く噛み、穴の中まで舐めようとする。清涼が身をすくめて振り返ると、屈み込んできて頬を舐めてきた。

「ん…っ、ふ…っ、はぁ…っ」

前のめりになっていた上半身を起こして、秦野と唇を重ねた。すぐに舌が絡み合い、吐息がぶつかる。口づけながら秦野の腰のベルトに手をかけた。秦野は指を抜かなかったので体勢的にやりづらかったが、尻を弄られて秦野のモノがほしくてたまらなくなっていた。すっかり馴らされてしまった。

「でか…」

秦野の下肢をくつろげ、下着から猛ったモノを取り出すと、すでにそこはガチガチに硬くなっていた。気のせいか前より大きく感じるくらいで、少しだけ入れるのが怖くなった。

「久しぶりだから…、興奮してる」

目を泳がせて秦野が呟き、清涼の尻から指を抜いた。そのまま怒張した性器を後ろに押しつけられ、清涼はシンクに手をついた。

「え、マジで立ったまま、すんのか…」

挿入する頃にはソファに行くと思っていたのに、秦野はこの場で繋がろうとしている。焦って振り返ろうとしたが、ぐいっと先端の部分を強引に埋め込まれ、身動きできなくなった。

「や、ちょ…っ、う…っ」

狭い穴を無理やり分け入って、秦野の大きなモノが入ってくる。息が詰まり、前に体重をのせた。秦野は清涼の尻たぶを広げ、一気に奥まで入れてこようとする。

「あ、う、う…っ、はぁ…っ、あ…っ」

久しぶりに秦野のモノを受け入れ、内部の肉が押し戻そうとする動きを見せた。それを無理やり押さえつけ、秦野がずんと根元まで突っ込んでくる。

「ひゃ、あ、あ…っ」

深い奥まで突っ込まれ、甲高い声が上がる。秦野の息も荒くなっていた。秦野は一度根元まで埋め込むと、清涼の腰を抱き寄せ、ぎゅーっと抱きしめてくる。

「ああ…すげぇ気持ちいい…、お前の中、最高だ…」

繋がった状態で甘く囁かれ、清涼は呼吸をくり返しながら足を震わせた。圧迫感の中にも、じんじんと痺れるような熱さがあった。内部で息づいているモノが、思考さえも奪っていく。

「う…っ、あ…っ、はぁ…っ」

秦野はしばらく動かないままで、清涼の上半身を撫で回した。暑かったのか背広を脱ぎ、ネクタイを床に落としていく。

「ん…っ、う…っ」

バスローブの前を解かれ、両方の指で乳首を弄られた。指先で軽く弾かれただけで、そこは尖っていく。

「あ…っ、はぁ…っ、あ…っ」

こねるようにされたり、摘むようにされたりして、じわっと甘い痺れが腰に伝わってきた。身体が感じ始めると、銜え込んでいる秦野のモノも気持ちよくてたまらなくなっていた。まるで吸いつくように内部が秦野を包み込んでいるのが分かる。

「もういいか…？」

秦野にも感じているのが分かったのだろう。軽く揺さぶるようにしてきて、清涼は甘く呻いた。

「あ…っ、あ…っ」

腰を揺さぶられ甲高い声を放つと、秦野が大きく息を吐いて、清涼の腰を抱えてくる。

「中…、すごくよくなってきたんだろ？　感じてるの、よく分かる」

秦野が興奮した声を出し、焦らすようにゆっくりと動かし始める。抜けそうなほど腰を引いたかと思えば、ぐーっと根元まで突っ込まれ、清涼の足を震わせた。

「あ…っ、や、あ…ぁ…っ」

先端の張った部分が奥を擦ると、声を殺せないほど気持ちよかった。足がガクガクして立っていられないほどだ。

「ひ…ぅ…っ、あ、はぁ…っ」

シンクに体重をのせ、太ももを震わせて嬌声をこぼす。中を犯される感覚は、前を擦る時の感覚とは段違いだ。深く重い快楽が全身を襲う。

「も…立ってられ、な…ぁ…っ、あ…っ」

清涼の前を扱きながら、秦野が急に突き上げを速くする。前と後ろを同時に刺激されると、ひっきりなしに甘い声がこぼれた。秦野の手は先走りの汁でどろどろに濡れていて、動くたびに変な音があちこちからする。

「久しぶりで俺も保たない…、もう出すぞ…」

秦野が息を荒げ、上擦った声で告げる。秦野は清涼の性器を絶頂寸前まで扱き上げると手を放し、後ろへの突き上げに専念した。もうイきそうだったこともあって、中を突き上げられてほどなくして清涼はびくびくっと震えて前から白濁した液を吐き出した。

「ひ…っ、は…っ、はぁ…っ、はぁ…っ」

射精する直前きつく秦野のモノを締め上げ、それに引きずられるように秦野も大きく呻いて清涼の中に精液を吐き出してきた。

「はぁ…っ、はぁ…っ、あ…っ」

繋がったまま秦野が抱きしめてきて、互いに獣みたいな息を吐き出す。どくっ、どくっと中で秦野のモノが震えているのが分かる。それが愛《いと》しくてたまらなかった。

「何で…ローションは買ってくるのに、ゴムは買ってこねーんだよ…」

ずるりと秦野に腰を引き抜かれ、繋がった場所からどろっとしたものがあふれてきた。毎回あふれてくるたび恥ずかしくて嫌なのに、秦野は反対にそれを見て興奮するみたいだ。

「買ってあるけど…、ないほうがお前感じるだろ…。あと、やっぱり生でやらせてくれると思うと、すげぇ興奮するんだよ…」

顔中にキスをしながら秦野が囁いてくる。確かに生で突かれると、すごく感じる。口にしたことはなかったのだが、秦野も分かっていたみたいだ。後始末が面倒だからつけてほしいと思うが、秦野が興奮するならまぁいいか、とも思ってしまった。

「ん…」

深くなっていくキスにまた熱を灯されそうで、清涼は鼻を鳴らした。

「続きは飯食ってから…、とりあえずお前シャワー浴びてこい」

ねっとりとしたキスを仕掛けてくる秦野を引き剝がし、軽く睨みつけて告げた。秦野が少し笑って分かったと呟く。額にキスをして浴室に向かう秦野を見つめ、また甘ったるい空気が流れていると感じて清涼は手で顔を覆った。

食事の後にベッドでまた抱き合い、久しぶりに濃密な夜を過ごした。

秦野は明日休みだというので、明け方近くまで責められ、気づいたら二人とも疲れて眠っていた。

窓から明るい日差しが入り、もう昼時だと分かった。

同じベッドで寄り添って眠っていた秦野が、清涼が目覚めたのに気づいて身じろぐ。あくびをしながら抱き寄せられて、清涼は黙って秦野の肩に頭を乗せた。

「お前…怪我の痕、少し残ったな」

秦野の肩にはわずかに引き攣れた痕が残っている。ほとんど分からないくらいだが、多分秦野は怪我を負っている最中も安静になどしていなかったのだろう。だいたい傷を縫った次の日に仕事に行くとか、清涼からみれば元気すぎる。

「……何だか、事件の日のこと思い出しそうで…しばらく会いにこられなかった」

目を閉じたままぼそりと秦野が呟く。

「何だ、お前。そんな理由でこなかったのかよ。浮気でもしてんのかと思ったよ」

「しねぇよ浮気なんて、お前にメロメロだから」

「メ……どの顔で言ってるんだ？」

秦野らしくない言葉に、ついからかうように顔を覗き込むと、照れたのかそっぽを向いてしまった。

「何だよ、俺にメロメロなんだろ。こっち向けって」

わざとらしく肩を揺さぶり、からかってしまう。秦野はなかなかこちらを向いてくれなかったので、清涼は覆い被さって秦野の頬にキスを落とした。音を立ててあちこちにキスをすると、秦野が驚いたような顔で見つめてくる。

「あーあ、まったく…。平気で男にキスできるようになっちまったよ。責任取れよな」

振り返った秦野の唇にキスをすると、背中に腕が回り、深く唇が重なった。後頭部を掻き乱され、唇を吸うようにされる。

「もう…吹っ切れたのか？　前に何もかも終わったら大輝に戻るって言ってた…俺はお前をそう呼んでもいいのか？」

長いキスをくり返した後、秦野が心配そうに問いかけてくる。清涼は秦野の胸に頭を乗せ、少しだけ笑った。そういえばそんなことを言った覚えもある。

「分からない…。お前はどうなんだ？　父親にされたこと…吹っ切れる日はくるのか？」

秦野の傷をえぐるかもしれないと思ったが、どうしても聞いてみたいことだったので尋ねた。父親の話をされて秦野の心音はわずかに速くなったが、記憶は蘇ってこなかった。本当に見えなくなったのかと思ったが、かわりに葬式の日の記憶がフラッシュバックした。

「こないかも…と思ってた」

秦野の囁きに驚いて顔を上げた。秦野が笑って清涼を見つめる。

「前は、思ってた。今は…からかうなよ、けっこう幸せっていうか…。結局自分なんだよな、自分が満ち足りてると、たいていのことは許せる…んだよな」

途中で恥ずかしくなったのか秦野が目を逸らして告げる。

確かに秦野の言うとおりかもしれないと思った。物事をどうとらえるかは自分しだいだ。過去に囚われるのも、過去を忘れるのも。

「そういや…道路拡張するとかで立ち退かなきゃいけないんだ、ここ」

ふと思い出して清涼は口を開いた。今度は清涼が恥ずかしくなって秦野の胸に顔を埋める。

「引っ越すのか？」

「ああ。そうなる。……お前がしたいなら、してもいいぞ」

「え？」

よく分からないと言いたげな声を出されて、怒ったように吐き出した。

「同居」

照れくさいのを隠すために、わざとムッとした声を出す。秦野がぽかんとした。

「別に…したくないなら、しなくていいけど。一人のほうが気楽だし…」

秦野の答えを聞くのが急に怖くなり、口早にまくしたてる。しばらく黙り込んでいた秦野が肩を震わせて笑い出して、清涼はムッとして秦野の上からどこうとした。それをぎゅっと抱きしめて阻止すると、秦野が笑いながら清涼の髪を掻き乱してきた。

「そんなのしたいよ、したいに決まってる。家に帰ってお前がいたらすごく嬉しい」

「ふ、ふーん…」

したいと言われて自然と顔が熱くなってしまい、そっぽを向いた。秦野と甘い言葉をかけあうのが

無性に恥ずかしくてならない。自分らしくないと思うし、見た目にもきっと滑稽だ。それなのに胸の中に温かいものが満ちるようで、急に泣きたくなった。

「大輝って…呼んでもいい？」

「言ってみろ」

「大輝……」

甘い声で名前を呼ばれ、感傷的な気分になった。その名前で呼ぶ人などいないと思っていた。同居するならいいチャンスだ。大輝に戻り人生をやり直したい。清涼でいた時間が長すぎてこそばゆいが、もう解放されてもいい頃だ。

「お前ってあれだな…ツンデレって奴だろう」

秦野がまだ笑いながら告げる。ツンデレと言われたのは初めてだ。

「じゃあ…いつもツンツンしてるから、たまにはデレるよ。誕生日だったしな。生まれ変わった大輝から大切な言葉」

髪の毛をぐちゃぐちゃにされた仕返しに、身を乗り出して秦野にキスをして、甘く囁いた。

「好きだよ……」

秦野の目を見て告白すると、重なった身体から走馬灯のように秦野と過ごした記憶があふれだした。ぶつかってばかりだったけれど、その分嘘もなく、隠すものもなかった。秦野は一瞬だけ泣くのを堪えるかのように顔を顰め、大輝を抱きしめたままごろりと反転した。

言葉もなく貪るように口づけられる。のしかかる重みを愛しく感じて、大輝はその背中をきつく抱きしめた。

あとがき

こんにちは&はじめまして。夜光花《やこうはな》です。

リンクスさんでは二冊目の本です。だいぶ無理のある話なので世界の中に入ってもらえたかどうかだけが心配です。

清涼《せいりょう》はツンデレなんで、この後きっとデレデレが始まって、塚本《つかもと》辺りに「直視できない」といわれるほどのバカップルになりそうですね。

いや秦野《はたの》も清涼も頭に血が上りやすいタイプだからしょっちゅう喧嘩してるかな。喧嘩するほど仲がいいというカップルです。

それにしても清涼は分析癖があって、常に裏の裏を考えながら生きているので、疲れそうな人生送っていると思います。

その中でも塚本は謎が多くて分析できないので、友達として長く続いたのかも。

今回の話は人生の中で、どの道を選択するかを決めるのは自分みたいなテーマがあったので、最後に清涼らしい選択をしてみました。ちょっと間違った道でもキャラがキャラらしい選択をした時は、そのまま突っ走ることにしています。

脇ではちらっとしか出てこなかったけど、花吹雪《はなふぶき》先輩の話はどこかで書きたいですね。

ところでたまにテレビで見ますが催眠術って怖いですよね。謳い文句に弱い方はかかりやすそうなのでお気をつけください。ってなんのこっちゃ。

イラストの朝南《あさなみ》かつみ先生、すばらしい絵をありがとうございます！　秦野がかっこよくて清涼がイメージ通りで、大満足です。ラフを見て喜びまくりです。朝南先生の描く絵の、肉体ががっしりしている感じが大好きです。こう筋張った腕とかがね…いいよね！　特に表紙のかっこよさといったら！　黒薔薇《くろばら》さんと塚本の絵も美しいし、できあがりがめちゃ楽しみです。今回は本当に素敵な絵をありがとうございました！

担当様、いつもありがとうございます！　ちょこちょこくれる感想が励みになっております。これからもよろしくお願いします。

読んでくださった方々、ありがとうございます！　感想などいただけると嬉しいです。励みになりますので、ぜひ。

またがんばりますね。ではでは。次の本で会えるのを祈って。

夜光花

この本を読んでの
ご意見・ご感想を
お寄せ下さい。

〒151-0051
東京都渋谷区千駄ヶ谷4-9-7
(株)幻冬舎コミックス　小説リンクス編集部
「夜光花《やこうはな》先生」係／「朝南《あさなみ》かつみ先生」係

リンクス ロマンス

忘れないでいてくれ

2009年9月30日　第1刷発行
2011年4月30日　第2刷発行

著者……………夜光 花《やこうはな》

発行人…………伊藤嘉彦

発行元…………株式会社　幻冬舎コミックス
〒151-0051　東京都渋谷区千駄ヶ谷4-9-7
TEL 03-5411-6434（編集）

発売元…………株式会社　幻冬舎
〒151-0051　東京都渋谷区千駄ヶ谷4-9-7
TEL 03-5411-6222（営業）
振替00120-8-767643

印刷・製本所…共同印刷株式会社

検印廃止

ISBN978-4-344-81760-9　C0293
Printed in Japan

幻冬舎コミックスホームページ　http://www.gentosha-comics.net

本作品はフィクションです。実在の人物・団体・事件などには関係ありません。